熟女私日記

江映瑤 著

自序

「怎麼那麼勇敢，把自己的事情說出來呢？」

有些看了我文章或談話性節目的朋友這樣問我，語氣中帶著「妳是想紅才消費自己吧？」的質疑。

其實我是個注重隱私的人，最討厭人家問我：「現在有沒有男朋友？爲什麼還不結婚？」以前爲雜誌撰寫兩性交戰守則類文章，也都以理論條列，直到愈來愈多的讀者和觀眾發出質疑，連洗衣店老闆娘都說：「妳一個沒結過婚的年輕女孩子，怎麼會懂什麼兩性問題？」我才開始透過部落格的「熟女私日記」，和大家分享自己的經歷，出發點有二：一、我不年輕了！並非不知天高地厚的嬌嬌女在大發議論；二、我所犯過的錯、吃過的苦、跌過的跤比誰都嚴重，如果我能夠走出來，又有誰不能呢？沒想到親身經歷的說服力如此強效，得到了許多迴響和交流，於是我不再介意分享過往的瘡疤，也因此更樂觀地看待自己的失敗。

開始全職寫作，始於二〇〇三年冬季，我被最信任的生意夥伴背叛後，反而拋開了束縛，什麼都不管地只想寫作，至於寫作以外的事，就全交給了新夥伴長毛幫我承擔。他說一定要成立網站，我們一起想網站名稱，當時有位胸圍36G的日本AV女優來台，看著電視新聞，我玩笑地說：「那就叫熟女36G吧！」沒想到長毛竟認眞地同意了。曾任《Playboy》中文版主編及副總編的他，自有他獨到的網路經營手法，沒多久，我的網站召來了可觀的點閱率，紅到連數位雜誌都來專訪，而且還爲我贏得了對岸的許多專欄邀稿。接著，中斷了幾年的電視通告也來了，安排演講的經紀公司也自動報到，我就這樣從一個執筆二十年的專欄作家，反過來重新由網路出發，成功被長毛經營了起來。

在網路上，我以「熟女私日記」來與喜愛我的朋友們交流，所以這本書，我也以同樣的心情，要和讀者分享我這熟女的悲歡喜憂。成長往往是在傷痛的夾縫中萌芽，而成熟後的我們，也才能笑看自己的傷痛，並且在純熟的人生招數中，找尋到最純淨的初心，就此招數盡拋，從心所欲而不逾矩地自在生活。

目錄

Part II 調戲男人

Part 1

熟女告白

熟女36G

常有人問我：「什麼是熟女36G？」活潑些的人，我會回答：「36G是一種胸圍尺寸，熟女胸懷偉大且溫暖，必須以36G來概括才足以表達。」

正經些的人，我就會說：「取其諧音，三十六計嘍！每個熟女都應當身懷三十六計，文功武略，技藝高強。」

若是熟人，我會給予較深入的答案：「熟女的G點不只一處，全身上下內外至少也有三十六處，才能使得人生高潮迭起，激情處處，永保快樂幸福。」

什麼是G點？簡單來說，就是所謂的高潮點，是激情的最極致，銷魂的顛峰處；正確來說，它是一九五〇年發現它的德國婦產科醫師Grafenberg博士的姓氏縮寫。自從G博士發表了高潮點理論以來，全球的專家就持續地研究，想要證實或推翻這樣的論點；直到前幾年，一群義大利科學家終於歡天喜地地在英國期刊上，宣稱他們已經確定了G博士的理論。

他們認爲在女性陰道內部上方數公分處，恥骨後方靠近腹部的一塊區域，就是G點之所在。當G點受到刺激時，會引發性興奮與性高潮，性興奮時史堅氏腺周遭包括陰蒂在內的組織會充血腫脹，類似男性陰莖的勃起；性高潮時史堅氏腺會噴出透明液體，類似男性的射精作用。

在人體解剖學或婦科醫學上，也許這樣的發現意義重大，但是對於女性又有何幫助？也許那些男性專家忽略了，女人的靈性凌駕動物性，想要引發女人的性高潮，就必須輕啓她的心房，拿捏她的要害；而女人自己更需要瞭解自己的性感帶，才能導引男人爲自己帶來快慰，或是在缺乏男人陪伴的時候，成爲自己最愉悅的朋友。以下列舉三十六種能引發女性高潮的G點，代表女性向G博士致敬。

頭皮　女人喜歡被輕撫著秀髮，因爲牽動了頭皮上密密麻麻的敏感神經，就會油然生出被疼愛的感覺。如果以指甲輕輕搔著頭皮，也會帶來一陣酥麻快意。

耳朵　兩隻小小的耳朵上，布滿了非常多的穴道。平時每天搓揉耳朵可以保健養生，在兩情相悅時，對著耳孔呼氣，或是親吻、輕齧耳廓，以舌探入耳內，都很令人銷魂。

嘴唇　唇吻可說是確立親密關係的象徵，因此唇的接觸除了生理上是強烈的性暗示，亦爲情感上的重要里程碑。

舌　舌吻也稱「法式熱吻」，在靈活激動的兩條溼熱舌頭纏鬥下，腎上腺素激增，彼此恨不能將對方吞噬。

牙齦　當舌頭探入口內，試著去舔舐對方的牙齦，將得到意想不到的感受，彷彿探索無人曾至的私密地帶。

上顎　以舌尖輕觸自己的上顎，就瞭解那種搔癢難耐的感覺；如果以舌尖去搔刮對方的上顎，猶如啓動一頭野獸。

脖子　女人都愛被人以吸血鬼之姿親吻項脖兩側，更喜歡在撩起頭髮後，被探索後頸的髮根之處，不論是以唇、以手，都能令女人臣服。

肩膀　在輕吻肩膀之時，夾雜著些輕咬，溫柔與狂野之間的拿捏，可以使得女人欲死欲仙。

腋下　不論腋下有沒有毛髮，都是十分脆弱而敏感的部位，甚至連自己都甚少觸及；因此當此處被外力侵略，都會帶來一陣緊張的興奮。

上臂內側　此處的肌膚柔嫩，因爲甚少使用或接觸，若以指尖或指甲輕刮，或是抬起手臂親吻，就如同電流通過般，一陣輕顫。

肘彎　肘彎血管多，因此常用來抽血或靜脈注射。只要血管密集之處，多爲敏感帶，而且肘彎皮膚細薄，是爲情挑的重點穴道，不容忽略。

胸部　胸部爲女性最明顯的性徵，也是效果最好的情慾窗口。不論是吻、舔、輕咬或吸吮乳頭、雙手揉捏等等，循著本能而爲，都有激化情慾的作用。

腰側　腰部兩側也是平時甚少使用的部位，只在跳雙人舞時，才有機會被輕摟。因此平日過街時紳士風度的扶腰，就能帶給女性異樣感受，更遑論關鍵時刻的撫摸……

手　手部是神經叢密布之處，因爲許多高難度的細膩動作都只有手才能擔任。不論是輕撫或親吻手掌、手背、手指、指尖，都是傳達愛意與情慾的最佳途徑。

臀　撫摸或拍打臀部，都會使女人失去理智，尤其是它會連動整個私處的神經，是非常強烈且無可抗拒的性邀請。

背　輕撫女人的裸背，會帶給女人微醺的感覺，整個人暈陶陶，可以答應任何的擺布。

恥骨　當男人面對面地靠上女人的恥骨時，女人的僞裝瞬時瓦解。或是以熱熱的手掌按壓，這塊神奇恥骨也會使得女人丟棄羞恥感的掙扎。

髖骨　在許多電影裡，當男主角握著女主角的兩邊髖骨拉向自己時，女主角必定無力地跌進他懷裡。髖骨也是啓動情慾之鑰，突破女人矜持的底線。

大腿內側　由鼠蹊部大腿根部，順著大腿內側而下，隱藏著「媚穴」等多處重要的情慾穴道，不只是情慾開關，亦是治療性冷感的必經途徑。

膝蓋內彎　此處和肘彎類似，都是皮薄血管多的敏感地帶，也是極少觸及的肌膚，若懂得「騷擾」此部位，應可稱得上調情高手。

腳踝　女人細細的腳踝，被男人輕輕掌握時，有種難以逃脫的無力感，最是扣人心弦且震撼。

腳底　眾所周知腳底密布著各式穴道，因此亦爲情慾重點部位。多數人腳底都怕癢，可以增添不少閨房之樂。

腳趾　若能含住腳趾頭，或是撫摸整根腳趾頭，尤其是趾趾相鄰的側邊，定能達到令人驚奇的情挑效果。

陰道　毋庸置疑，這當然是最正統的G點所在。但在單槍直入之前，還可以手、以口進行不同情趣之撫弄，快感不亞於直搗黃龍。不過要小心別對著陰道吹氣，以免發生危險。

肛門 女人大都不喜好肛交，因爲怕疼痛；但若以手指、舌尖或羽毛輕觸，也許能開啓另一扇享樂之門。

語言 或甜柔、或粗暴、或嬌憨、或大膽的枕邊細語，也是引發全身快感的利器。有時異國語言更能達到功效，尤其是對方聽不懂的那一種。

叫聲 由身體發出的最原始語言，就是各式國際通用的叫床聲了。這些叫聲可以依循身體語言而發，不妨故意誇張一些，將愛的感受讓對方明瞭，也能鼓勵對方的亢進。

音樂 最能營造情境的東西，莫過於音樂。運用音樂來帶動氣氛，也是某種心靈的G點。

味覺 在身體的親密對談中，經常涉及舔、咬、吮、吻等動作，因此保持身體的良好味道，讓情人的口腔及味蕾可以享用令人愉快的味覺，也實屬重要。

嗅覺　環境的香氛，以及身上的香味，都可以誘發令人想一親芳澤的慾念，這也是香水在全球熱賣的原因之一。

視覺　視覺的刺激最是直接，因此在床笫之間，性感內衣、火辣裝扮，以及狀況優異的身材，都是令人「胃口大開」的重要因素。

痛覺　偶爾來些不一樣的花招，例如小小的虐待，利用痛覺刺激性慾，達到相同的亢奮，也是有趣的享樂。

觸覺　嘗試各種物品的質感，例如羽毛、冰塊、梳子等等，甚至噴式奶油、蜂蜜、酒，都可以帶給身體不一樣的觸覺，而達到新奇刺激之目的。

幻想　在關鍵時刻，想像身上壓著的是最最喜愛的偶像；或者假裝是在不同的場景，進行著不同的角色扮演。憑著無邊無際的幻想，可以使得性愛天天都新鮮。

轉移　觀賞色情影片或書籍，一邊將情境轉移，彷彿自己就是其中主角，跟隨著劇情進行，可以達到另一番微妙的轉移式高潮。

偷情　和情人找一處危險的場所，或是將車子開到野外，在明明不該的地方做愛，將會是別有風情的過癮遊戲。

熟女告白

我是熟女，是飽漲著四溢甜香的誘人果實，令人垂涎著只想立刻咬一口；是切割精準光芒瀲灩的美鑽，凡行家都能辨識我的獨一無二；是令人徜徉流連的如茵草原，但願換一生爲小憩的陽光午後。

因爲成熟，我有了謙虛的資格，平和的優勢，像春風一般地服眾；由於成熟，我甘於分享，樂於提攜後進，明白自己所擁有；本著成熟，我包容卻不縱容，據理力爭得理饒人，運籌著分寸的掌握。

對於家人，熟女付予無怨無悔的理解和支助，是父慈子孝、兄友弟恭的實踐者；但若天不從人願，也能接受「家家有本難念的經」，盡力紓解家人之間的困境，珍惜血脈相連的緣分，並且感恩惜情不忘本。

對於朋友，熟女善盡「友直、友諒、友多聞」的功能，互相切磋，彼此成長，卻又充分發揮IQ、EQ，勇於判斷是非。倘若朋友誤入歧途，熟女絕不盲從也不包庇，循循善誘若未果，也只能敬而遠之，以免狼狽為奸。熟女相信每個人都該為自己的人生負責，朋友只能在路途中喝采或鼓舞。

在熟女的情感世界裡，「快樂」是第一個堅持，但要顧及的不只是自身的快樂，還有對方，以及確定在快樂的背後並沒有人無辜被傷及。「幽默風趣」則是第二個堅持，不只是發自本心，也要感染愛人，共度輕鬆愉悅的每個有緣日子。「同理心」正是熟女的第三個堅持，互相體諒、將心比心，在紛爭來臨之前，先試圖瞭解原因；若能接受就包容，省去怨尤，若感到痛苦，也絕不強求，好聚好散不結仇。熟女的第四個堅持是「信任」，不去試煉愛情，因為在試煉的同時，已然失去忠貞不疑的愛情醇度，也失去被信任的資格；即使愛人犯下什麼錯，在錯誤被確定之前，他仍是無罪之身，並不需要爲「可能犯下的錯」彼此傷神，更不值得剝奪原有的快樂。「不苟且」是熟女的第五個堅持，即使利益當前，或是貪、嗔、癡等勘不破的慾念糾纏心頭，熟女也不爲任何目的隱忍妥協；忠於心底的呼喚，誠實面對愛情的去留，才是熟女坦蕩蕩的訴求。

在熟女的事業版圖中，力爭上游不退縮，掌權握勢不驕縱，不拿性別爲藉口，不以身體當報酬，才是熟女贏得掌聲與尊重的眞正光榮。

在熟女的價值觀上，錢財只是建構理想的手段，而非人生努力的最終目標。熟女運用智慧賺取應得的報償，以便實踐沒有錢就辦不到的事項；但是在實現理想的過程中，熟女絕不忽略再多錢也買不到的人性尊嚴，以及純眞的良善。

熟女的生活品味不馬虎，但是盲從於時尚的追求爲熟女所不屑，追逐於人云亦云的虛榮也非熟女所贊同。熟女以舒適健康的生活爲榜樣，更以維護僅有的地球環境爲潮流；愛護動物是熟女發自內心的呼籲，崇尚自然回歸大地更是熟女熱切的渴望。

熟女的胸襟並不狹小，在社會責任與公義的探討中，熟女是從不缺席的要角。舉凡關懷弱勢、聲援貧孤、賑災救急、伸張正義，熟女從不妄自菲薄於一己之孤，即使奉獻綿薄之力，熟女也不以善小而不爲。當熟女在家中爲人妻母，更不忘循循善誘教育家人，奠立潛移默化的公益概念。

在面對自我世界時，遑論身邊有伴無伴，熟女懂得享受與自己相處，而不害怕孤獨。熟女明白人本就生而孤單，死時獨自，人類群居是爲以愛相互取暖；所以熟女必須能與完整獨立的自我獨處，而後才可能與任何其他完整獨立的個體愉悅相處。人類的孤獨是必然，相愛是福分，群聚是緣深，失落也不過是緣滅。熟女摯情一生，卻看淡一切，緣起緣又滅，只盼不枉走此一回。

水漾熟女

之一：泡澡

我喜歡泡澡，在那種腳丫子剛好可以頂到邊緣的浴缸裡。可能是蒸氣讓呼吸道舒暢，我會不由自主地唱起歌來，一邊玩著遊戲。譬如說：快速搖擺著自己的身體，濺起嘩啦嘩啦的水聲，感覺好像在一葉扁舟中航行，但安全的是水在船裡，不在不可掌控的周遭。又譬如用優美的腳趾動作去關掉水龍頭，不曉得爲什麼，這動作就是會讓我覺得自己像是泡在歐式獨立浴缸中的好萊塢巨星。

不曉得你們有沒有仔細看過自己泡在熱水中的身體？我皮膚白，泡在水中更白，但熱度又讓底下的血液在白膚裡透出了粉嫩的紅色，沒有任何時刻，會比此時的皮膚好看。由於被水包圍著，形成另一種奇異的膜，像魔幻寫實風格那般地細緻到很不可信的眞實，十分有趣。我曾嘗試要拍下那景象，但是攝影鏡頭一下就起霧。也曾想畫下來，但是難度太高，即使現場寫生，水也會冷掉。

常有人問我：「怎麼想得出那麼多東西來寫？」這問題對我來說很奇怪，不曉得怎麼回答，只能說：那它就是一直有啊！又有人問：「難道不會有靈感短缺的時候嗎？」仔細想想，好像也不會，頂多一邊思索著該如何破題切入，一邊泡進浴缸裡，只是這麼泡一下，一排排的字就在眼前的隱形幕裡打出來了。不蓋你！眞的字會自動跑出來，而不是抽象的什麼靈感。眞是很方便吧？

也許套用曾讀過的心理學理論，可以將泡澡形容爲「在羊水狀態般的安全感」，也許吧！不知道，反正只要能讓我非常愉快就好。泡澡就像我的夢一樣，是我最最私密、自我，別人沒辦法來打擾的事情，也許夢中會出現許多人，也許泡澡時也會想起許多人，但是我可以完完全全不必爲任何人著想，只是自由自在自己和自己玩，像自閉症的小孩那樣。

之二：泡咖啡

一杯咖啡能有幾種喝法？

不論是滴漏式、虹吸（蒸餾）式、Espresso高壓式、濾壓式、插電式，或比利時咖啡壺所煮出來的黑咖啡，在加糖和加奶的過程中，就能變化出七十二種基本款。怎麼說？光說加糖吧！你可以決定今天要加白砂糖、冰糖，或是棕色的咖啡專用糖，有的咖啡糖還黏成小棒狀方便攪拌；若加有維他命味道的維生方糖塊（cube sugar），則可以在半溶解時舀到嘴裡含一下，好吃又好玩；加蜂蜜的話會有一種很野（wild）的甜香，加焦糖則是我的最愛，而偶爾以巧克力取代糖，得到的是一種快樂的放縱。這樣就有七種糖的選擇，如果再加奶，可以決定用儲存期長的奶精粉、奶水（或包裝成小盒狀的店家用奶精球）、飽足感的奶粉、甜稠的煉奶、罐裝噴嘴式或手打式的濃郁鮮奶油、法式咖啡必不可少的鮮奶，或是澳洲人吃養生素食（Vegetarian）慣用的豆奶（即豆漿），以及將豆奶或牛奶加熱後打成綿細的奶泡，總共八種選擇。如果喝黑咖啡（乘以一），或咖啡只加糖（乘以七），又或者只加奶（乘以八），抑或加糖又加奶（七乘以八等於五十六），全部的組合就有七十二種。當然這還不包括調製成冰咖啡，或是加了酒成爲愛爾蘭咖啡、皇家火焰咖啡、香橙龍舌蘭咖啡、奶酒咖啡、雪莉榛果咖啡……

爲自己煮一杯咖啡，就可以享用無數種情趣，所以我的生活從不單調。自從許多年前大學畢業後，經營過短短一年的咖啡館，我的咖啡就不是用喝的，而是恨不能整個人泡進咖啡裡，也經常去泡在人家的咖啡店，想要找尋比我調配的還要好喝的咖啡。年事漸長後，知道再這麼酗咖啡將會導致骨質疏鬆症，所以就把量減爲必要的三杯：醒後的早午餐（Brunch）、晚餐後、晚上寫稿至文章快收尾前。目前仍努力克制中，希望能達到醫生指示的「一天僅能一杯」。

再怎麼愛喝咖啡，我對罐裝咖啡可是興趣缺缺。那種打開瓶蓋一飲而盡的速簡敷衍感覺，就像一夜情般，頂多不過是愛情的仿冒品，揣在懷裡，想要安慰自己它足以暫代愛情，卻絲毫也說服不了自己，因爲拿著仿冒品，就會瞭解要欺騙自己比欺騙別人更不容易。那種裝腔作勢的心虛，別人看不看得出來倒不打緊，難過的是自己心知肚明。罐裝咖啡的廣告即使拍得再吸引人，實際喝入口的，也只是「我正在喝咖啡」的自我安慰，因爲咖啡和愛情一樣，入口之後，幻夢消褪，浮現的只剩眞實的品味。

迷路的快樂

大家都不相信我不敢開車，因為我看起來時髦、幹練、自信又好奇，獨自開著車四處闖蕩旅行的畫面，似乎和我很相稱。我必須嚴正聲明：我有駕照！而且考第一次就過關，我是真的會開車！但是我很容易迷路，尤其到了面臨抉擇的路口，我還在分辨該去的地方是往左抑或向右，四面八方響起的喇叭聲就已經不耐煩到要把我直接轟開似地，覺得自己活像是堵住交通流量的大型廢棄物。我也曾硬著頭皮開車上路，但也許身旁指導我的朋友被我的毫無概念激怒，完全失去了耐性，在我問他面臨T字路口該左轉還是右轉時，他怒吼：「到底是妳在開車還是我在開車？」於是我急急向左打動方向盤，卻只見亮著大燈的車群迎面朝我駛來，原來是我上錯了車道，成爲大逆向，當下嚇出了一身冷汗，從此就放棄了我的開車生涯。

其實我記性極佳，只要是去過的地方，即使是巷口的一塊招牌，甚或路旁大樹枝椏伸展的姿態，在我腦中都像照片存證般清晰，連周遭的氣味或風的撫觸，都逃不過我的感官雷達；所以只要到了目的地，我絕對可以指認出來，但糟的是我不知要如何才能到達。朋友們在經過幾次以爲可以指望我帶路，卻被我帶著團團轉的慘痛經驗後，「江映瑤是路癡」（白癡的癡）的消息就傳了開來，從此以後，朋友們要去哪裡，都不忘問我一句：「要不要順便載妳？」他們都喜歡我這乘客，因爲我絕不會主張走自認更好的路線而與司機爭吵，也不會批評別人的開車技術，更不會堅持說別人認錯了路；假使眞是走錯了，我就會十足體諒地鼓勵他：「沒關係，反正地球是圓的，再走下去一定能找到路！」偶爾，我還會忍不住發出眞心的歆羨和讚嘆：「哇！你單手轉動方向盤的樣子眞是帥！」只要有人敢開車上路且到達目的地，都會贏得我謙卑的崇拜。於是，原本假設我高傲的人，都漸漸和我親近了起來，發現我擁有這個大缺點，也對我變得寬容和友善，就像對待殘障朋友那樣。願意承認自己是個路癡，竟然爲我脫掉了「女強人」那件惹人對立的大外套。

在沒有便車可搭的時候，出門只好搭計程車。搭計程車很花錢，而且將生命安全交到一個陌生人手裡，實在很冒險，如果運氣不好，碰上喜歡播放惡俗音樂的司機，還會讓我被洗腦似地，下了車還停不了地跟著哼唱。所以我開始試著坐捷運（地下鐵），卻發現那是一個迷宮一樣的世界。如果已經上了對的車廂，那就還好，可以偷偷觀察那些眼神彼此迴避的人們，猜測他們的身分和意圖，或者只是單純感受身處國際化都市的潔淨和便捷；但在通往車廂的月台上，經常都有著湧浪一般的人潮，一個不小心，便會人行亦行地盲從到一個預料之外的地方，簡單地說，就是又迷了路。我那高齡七十幾的媽媽每天早上都搭捷運去爬山，於是我向她請教如何在捷運地下道認路？她清朗的聲音提高了八度：「很好認呀！標示牌都寫得那麼清楚！」我慚愧地提起勇氣試著去辨識那些標示牌，但仔細看了老半天，身旁的人紛紛忍不住過來問我要去哪裡？——很明顯我的樣子就是迷了路。有一次我十分獨立地選擇了一條沒走過的路，結果竟然發現了一處世外桃源！原來台北市捷運地下街有著如此的商店聚落，長長的走道兩側被規劃成一格格，包括了「星巴克」咖啡店、「誠品」書店、名牌服裝店、珠寶首飾店、唱片行、「本田家」泡芙專賣店，還有皮件、保養品、彩妝品、熱狗、壽司、鞋子等等，甚至連汽車都搬進來展示！爲了促銷這些商品，空地上時不時就會有一些表演活動，像是默劇、音樂演奏、特技表演等等，Gosh！我簡直迷路迷得太開心了！從此以後，約人談事情、逛街買東西、散心，我都毫不猶豫地鑽進捷運地下街，因爲這裡沒有馬路邊的吵鬧和灰塵，而且保證地面平坦，光線、空調都充足，紫外線也曬不著——雖然我終究還是放棄了學習如何搭捷運。在這樣樣不缺的地底世界，我也可以像美國卡通忍者龜那樣，就此生活在塵囂之下。

如果我去找心理諮商師治療我的「識路障礙」，他一定會引導我回溯童年。沒錯！我的第一次迷路經驗，就是六歲時去外婆家度假，晚上表哥帶我上街看人賣東西，等我回過神來卻找不到他。那種被遺棄的恐懼，讓我在那陌生的長街上，一路哭著試圖認路，不知走了多久，才看見那一群毫無同情心的大人們，站在外婆家門口嘲笑我。雖然從我迷失的地方到外婆家，只是一條筆直的短路，但是還沒到達之前，我又哪會知道？表哥並沒有告訴我只要直走就能到家，更沒說他會丟下我自己離開。長大後，我很快就發現自己完全失去了方向感。我地理科分數低得可怕，出門只會背下定點來回的搭車方式，一到陌生的街道就變得十分緊張。一直到五年多前，遇上了一個教會我放鬆心情對待生活的人，我忽然開了竅！只要我並沒有要去的地方，根本就不會迷路了呀！反正走到哪裡都不算錯，我可以放心地跟隨自己的腳步，容許自己沿途分心流連美景，不必再像隻迷宮裡尋找終點的慌張白老鼠，反正時間一到，終點不就是每個人都必定到得了的地方！所以我結束了辛苦經營十年的生意，決定讓十年來心裡那個「要是能專心只寫作該多好！」的微弱聲音，成爲眞眞實實的生活。

卸下了生意場的套裝和彩妝之後，我平凡得看來有些落魄。一回在路上遇見了同業舊識，他熱情地堅持邀我到他家小坐，努力想說服我「東山再起」，開出優渥條件，要我爲他打擊我那待我不仁的生意夥伴。見我只顧微笑，他激昂地刺激我：「江小姐，人爭一口氣不是嗎？這哪裡是妳的作風！」旋即溫柔體諒地趨前低語：「妳在圈內叱咤風雲，大家都有目共睹，我相信像現在這樣寫寫文章，也不會是妳要的吧！」看著他想盡辦法要鼓舞我這迷路而喪志的人，實在有些感動，但要怎樣才能令他明白：像這樣寫寫文章，眞的就是我要的呀！也許他正惋惜著我的執迷不悟，但他卻無法領會我那迷路的快樂。我每天都和上天會心而笑，慶幸著在還來得及的時候，我又可以那麼容易感動、那麼自以爲幸福！

還好當年伽利略冒著生命危險，告訴大家地球是圓的，讓我們這些容易迷路的人，走再遠都不會遇上絕境；只要不停止前進，就看得見前途，再大不了也只是走回了原點，索性重來一遍，又是一條風景無限的路途。

一個人的寂寞

常有人表示歆羨我的單身自由，卻又同時頒發一面想當然爾的「寂寞牌坊」給我，好像我們不寂寞老天就不公平似地，不知是在自我安慰？抑或眞爲我擔憂？

在一個深夜裡，我著實寂寞了，好想有個人說說話。那種時段適合被我電話騷擾的人並不多；打給男性友人，恐怕被誤解了我的動機，或是慨嘆被我利用，甚至力邀我出去喝一杯，不是更麻煩嗎？而第三性友人，通常問題都比我還多，這時候不宜自投羅網去當輔導者；過濾之後，也只能撥打我那大概也還沒睡的單身女性朋友「高」的電話了。「高」是個外貌秀麗、舉止優雅、氣質出眾、心地善良又溫柔體貼的女孩，正在攻讀社會心理學的博士學位，是我心目中的完美女性，看起來卻似乎比我寂寞。和她交談最舒服的就是可以省略前言寒暄，直接切題討論心靈層面。我問她：「高，我忽然覺得好寂寞。妳也會有這種困擾嗎？」

她誠懇地輕聲一笑，娓娓告訴我：

「人本來就是個孤獨的個體，生下來是，死亡時也是，這就是人的本質，沒辦法，所以並不需要害怕寂寞，因爲寂寞是必然的。我們努力充實心靈，試著與人群居，可以有許多時候不必寂寞，但是回歸到自我，就必須面對內心的寂寞。」

可能連她都不瞭解這段話給了我多棒的啓示！我好像被她一點，穴道通了似地，明白了寂寞這東西，而且好事的本性，讓我從此一有機會，就到處向人傳播她這觀念。在一場場的演講裡，在每天爲網友解答的問題裡，我總是耐心鼓吹著：寂寞來了？沒關係呀！別抗拒也別害怕，試著獨自品嘗一下，痛哭也好，傷心也罷，過癮地迎接它、發洩它、享受它，然後經過這一切，平靜下來，用心體會已然發生在自己身上的改變和成長。若不是因爲寂寞，我們恐怕沒機會如此專心地面對自己，因爲平時太忙於弄清楚別人如何看待自己，也忙於表達自己對別人的感受。如果能夠好好把握每一次寂寞浪潮的衝擊拍打，才看得見退潮後呈現在眼前的珍寶。尤其每天看著電視新聞裡，不斷發生著一樁又一樁因失戀、背叛而自殺或殺人的案件，就彷彿看見一群寂寞而無法自處的遊魂，他們如此害怕碰觸寂寞，也不敢相信自己有能力獨活。這會使得我更著急，生怕藏了私，若那些人在未能和我一樣幸運地獲知這道理前，就去做了傻事，豈不是太不公平了？而且竟被與生俱來、本應共生共存的寂寞所吞噬，那可就眞的太傻了！近年來，許多人都染上了「憂鬱症」這時髦疾病，一沒人陪在身邊，很容易就會自殺。哲人曾說：瘋狂，就是內在情緒被放大。如果被自己無限放大的寂寞所噎住，就實在令人扼腕。

其實寂寞不只可以無害，有時還是必要的成功條件呢！看看那些偉大的科學家、生物學家、自然生態學家、醫學家、考古學家、物理學家、天文學家、數學家、藝術家等等爲人類留下寶貴資源的人們，和他們比較起來，我們每天關在房裡嚷嚷著寂寞，眞是算得了什麼呢？他們一輩子也許就只爲某一項非常微細的工作，夜以繼日鍥而不捨地努力著，而執著在數十年無人聞問的實驗室等工作環境裡，那份寂寞，又豈是我們所能夠想像？即使他們之中有少數幾位受到了推崇，但那種榮耀可能僅止於同行的小小圈子內，平日走在街上，可不會有人因爲感謝他們改善了人類的生活，而給予英雄式的掌聲！而其他那些絕大多數的無名英雄，更是享受不到任何虛榮。驅動他們成就這些偉大事蹟的因素，往往只是他們對自己的肯定，他們十分清楚自己所達到的成果有多麼不易，也欣喜若狂著世界將因他們的努力而邁進一步。憑著對於專業領域的熱情與毅力，他們無視於「寂寞」這玩意兒，甚至還希望都不要有人來打擾呢！這不正如同周星馳的電影《功夫》裡所闡釋的，眞正的功夫高手，絕不是那些想讓別人肯定他是高手的人，因爲要練就眞功夫，必然十分寂寞……

何況，也曾經度過一長段身邊隨時有人陪伴的日子，回想起來，並不見得寂寞就消逝無蹤。一個人的寂寞，可以如此理直氣壯地隨意哀嚎、訴說，所有的親友都會投以同情或關懷，即使遭到善意的調侃，也可以視爲一種訊息的發送，大聲告示著單身同類們："I am available!"但是身邊明明就有人時的寂寞，可就寂寞得忍氣吞聲了！如果讓別人知道了自己的寂寞，不只傷害了伴侶，也會被認爲不知惜福。將心比心，若是你的伴侶告訴別人，說他和你在一起還是感到寂寞，你會不難過嗎？如果對方因故沒辦法陪伴你身邊，這寂寞就形同一種控訴和指責，同樣不利於兩人的關係。當寂寞成爲一種不可否認卻不方便承認的生活因素時，那可眞是悶了！所以一個人的寂寞是最自在的寂寞，不必約束、隱藏或感到罪惡。當你身邊有了伴，也毋須因爲仍感到寂寞而尋求外遇對象，因爲寂寞隸屬於你的內心，即使同時擁有再多的情人，也無助於敉平寂寞的黑洞。只要能認清寂寞的本質，撥出短暫的時間好好擁抱寂寞，然後請它乖乖回到內心的角落，在下一次相會之前，別再對它花費太多注意力，就不必爲寂寞所困擾了。

貓膩

生命的流逝，原來就是這麼一回事：天光了，天又暗了，一天結束；等會兒天又光了，透過我分租房廉價隔間上的一方壓克力製仿毛玻璃的窗。我睜著眼，一直等待光線再度在知覺中移除，想要試試就這麼躺著，青春會不會伴隨靜寂的心就這麼枯竭而死。

他說出決定和我分手後，已經是第六天了。頭一個晚上，我以爲還可以生氣，就耐住性子等他登門。第二天，我忍不住撥了電話，問他爲什麼可以不在乎我的憤怒？但他說想睡覺，要我別打擾他，就把電話掛了。第三天我已打算原諒他，晚上跑到他的住處，他果然在家，只是側身看著書，見我來卻理也不理一下，我甜笑著膩到他身邊，正打算用身體來充塞他的視線，不料他眞動了氣，正色問我：「妳到底想幹嘛？」

我想幹嘛？我想看他把書一丟，管它什麼隔天的小考，按捺不住就拉過我來，急色鬼似地扒開我的衣裳，像還沒說要分手前那樣。難道，就眞的分手了嗎？啪噠一個手勢，像被催眠者得到提示忽然醒來，然後將發生過的事全然忘掉？我終於意識到這次分手的眞實性，開始在他面前哭了起來。他總算放軟聲調看著我說：「妳不要這樣！」我順勢哭倒在他懷裡，緊緊抱住他，不讓他推開，但這又惹惱了他，在用力和我拉扯時爆發開來：

「妳這樣是在幹嘛？」

被他一吼，我止住了哭，自尊心強要出頭。他似乎也覺得自己過分了些，開始皺起眉頭勸導著：「妳想想看，如果這個時候妳的父母站在門口，看到妳現在這種樣子，妳會怎麼樣？」我想了想，告訴他我會很尷尬，然後假裝沒事一樣問父母：「你們怎麼來了？」他見我平靜下來，就繼續說著道理，而我也可以接受，於是我們就併躺著聊了許久。聊到後來他轉過頭對我說：「其實妳眞的很幽默耶！」我回答他：「對呀！有點捨不得了吧？」接著就開始施展賴皮功，反過來向他推銷我的種種好處，勸他取消分手的決定，甚至在他又板起臉來的時候，背叛自尊，裝可愛地央求他只要再給我一次機會，我一定什麼都聽他的。這一番死皮賴臉，並沒有博得他的同情，他毫不保留地表現出他的厭煩，生怕一不小心就會甩不掉我似地。連自尊都踐踏了之後，我什麼也不剩了，只有慌得再度落下淚，說出些不要活了之類的狠話，沒想到他的殘酷更加堅決，我也只好假裝就要去死了，而冀望他能在我走出門那一刻再度心軟。

於是我就走出了他的住處，在不知何去何從又沒有人來挽留的情況下，眞的想到頂樓上，製造一次令他永生難忘的下墜事件。但是我很怕黑，頂樓風又大，我只好滿臉是淚地走回租屋處，後來太累就睡著了。第四天下課後，我很想拿刀子割腕，但是望著自己白皙的皮膚下，脈絡分明的纖細血管分布得如此漂亮，一時又看呆了，而自惜自憐了起來。第五天我沒去上課，想要等等看他擔心的打聽或問候；第六天，我就決定這麼躺著，直躺到請假的室友從家鄉回來，發現我這具失去了愛和養分的乾屍時，請他過來探望我，他就能懂得比他的決絕更加堅定的，就是我執意的深情……

當然人要枯竭並不是那麼容易，不像室友栽在晾衣服小陽台上的水耕蔬菜，這幾天我一疏忽，已差不多要死絕。我也不是一直都躺著，除了起來上廁所、喝點水之外，只要樓下傳來疑似他那台古老的野狼一二五噗噗聲響時，或是其他機種的摩托車聲，我都會衝到客廳窗邊去探看，因爲也許他又會像上次那樣，半夜喝醉了，還曉得叫同學載他到我這兒來。這樣來回衝到窗邊，耗盡了我尚存的體力，我終於虛弱得閉上了眼睛，好好睡了一覺之後，隔天一早，就到早餐店去吃了一份蛋餅外加煎蘿蔔糕。

後來，好幾個女孩都跑來告訴我，他花了好幾個小時和她們深談了我，而且結論都是：「他眞的很愛妳！」我實在不懂，愛我爲什麼不直接告訴我，卻要對別人談論和我之間的事？不過我也覺得好惋惜，也許正是我不懂得他愛的方式，所以他才必須和我分手。要是時光可以倒轉一些些，到我還沒搞砸一切的時候，那該有多好？忽然之間，我覺得我好像又懂了！只要我改掉愛吃醋的壞毛病，只要我不要求他給我安全感，那麼他一定可以再度接受我！

帶著領悟後的滿滿信心，我付出了前所未有的耐性，展開了讓他回頭愛我的長期抗戰計畫。我不求任何回報，只要能夠遠遠觀望著他，在他需要關懷的時候，託人遞上一張溫馨的卡片，讓他知道有個人永遠支持他；我甚至拋棄了面子，讓每個認識他的女孩都爲我帶話，告訴他我正在等待著他。我把以往追求者用在我身上的癡情招數，都拿來試圖感動他。我利用遠在美國念書的追求者，爲我去尋找他喜愛的"LEO"合唱團海報，沒想到寄來的卻是"Prince"，因爲那男孩說"LEO"已經不紅了！差點沒把我氣炸；後來又聽說他迷戀上了「菲爾．柯林斯」，這回那男孩總算從美國寄來了正確的海報，當他攤開了海報，興奮得大叫出聲時，背對著他離去的我，竟然幸福得落下淚來。爲了要將自己空出單身的狀態等待著他，只要出現新的追求者上門，我就會告訴對方我心中深愛著一個人，還請託對方去幫我傳達訊息，告訴他我正在等待著他！雖然有許多人都勸我別這麼傻，但我一心認定我正在玩一個只有他和我才懂的遊戲，對於別人的告誡，我都置之一笑。有一次傳出他對新女友動粗的消息，校園裡一陣對他的撻伐，我卻獨獨心疼他的孤立，趕緊傳了一張紙條給他，告訴他至少有我懂得他的無奈和無辜。

整整守了他兩年，大學畢業前，許多新鮮事漸漸沖淡了對他的執著，而我也結交了已入社會的新男友。畢業後的某一天，電話那端傳來他微弱的語調，原來是一直未被他善待的女友，終於決定投向懂得珍惜她的男人懷抱；而從未料到會被人拋棄的他，已經三天未曾進食，要我到他的巷口買些他愛吃的滷味和餛飩麵去救他。他搬到了三重，給了我一個複雜的地址，計程車送我到無法再進入的巷弄，我就這麼硬著頭皮，邊找邊問路地買到了他要的吃食，進到他的住處照顧他，聽他描述幾天來的心情。我的感觸五味雜陳，但卻抵不過對一個弱者基本的同情，畢竟他的處境我曾深刻體會，而我偏不是個和他同樣冷酷的人。爲他簡單擦完澡，安置好讓他就寢時，他忽然抱住我，想要獻上我曾苦苦等待的熟悉又陌生的熱切親吻。我避開了他，要他好好休息，然後踏出了他的家門。

多年後，他曾經詢問我和他結婚的意願。我很好奇地問他動機，他說自從腰椎開過刀後，一直都未能完全復元，和朋友討論的結果，他們都認爲我是最適合待在他身邊的人選。他還是沒變，喜歡對別人談論和我的事，而我還是覺得不習慣。我笑笑對他說：「我又不是護士！」不禁又想起我曾經扎扎實實如此糾纏過這個人，直到我終於決定放過自己。一個斷了愛的戀人，實在很難想像仍舊戀著他的那個人，是如何在他餘生的許多個午夜歡喜或平靜的縫隙，莫名竄出針扎般的點滴傷心，將那凝淚逼成了新沁的鮮血。自此以後，我提醒自己千萬小心，別讓人落入不可自拔的愛情貓膩，也再不要什麼生命的刻骨銘心。

被打的女人

他眞的非常愛我。我想是的。否則又怎會做出那些瘋狂舉動，來證明他對我的在乎呢？

他要我上他的摩托車，我不肯，因爲正在氣頭上。我執意甩頭就走，像每個任性的女孩那樣。他停了車，衝向我，揪過頭髮來朝著頭臉就是打，一拳兩拳三拳，我還來不及回應自己的傷心和驚訝，眼睜睜看著心愛的人如此忍心傷害自己，有如刀割的心傷已經遠勝過他意圖加諸我身上的毀壞。四拳五拳六拳，可我也不像剛開始那樣沒經驗，只曉得淚流滿面不可置信地瞪著他！我舉起雙肘擋住了臉，他更加暴怒地攻擊我身上時，我立即蹲成一團減少受打面積，不料他又瘋狂地一腳兩腳踹過來，我的哭泣開始變成哀號，卻沒有多餘的力氣抵抗他。身後台大校門口的警衛聽到聲音跑過來，除了我的哭叫，還有他用力時從嘴角迸出的狠話，諸如：「叫妳上車不會聽是不是？」「妳是一定要我這樣對妳才會聽我的嗎？」「妳跑！妳跑看看！我就看妳能不能跑得掉？」……警衛阻止了他，詢問地上的我需不需要報警？我連忙拒絕，因爲他在學校是個資優生，可不能因爲我們吵架就把他的前途毀掉……我在好心警衛的護航下坐上計程車，而他也終於騎上摩托車離去。一路上除了擔心他在盛怒下的行車安全，我還安慰自己：看吧，這回我贏！就是不上他的車！

已經算不清是第幾次了，甚至也記不起來第一次是如何開始。反正剛發生時都一樣，他深深懺悔，他痛罵自己不可原諒，他說完全不知道自己爲何會變成這樣？他認爲也許是對我的愛太深，愛得超乎了自己的理智。當然我相信了他，若不是如此相愛，傷害鐵石般落在我身上時，他也不至於和我同般痛楚。但可別以爲他是什麼暴徒！平時的他，浪漫得像個傻子，他為我寫情詩，抱著吉他靦腆訴情衷，發愣望著我自問何德何能蒙我愛憐？我們穿著情人裝在校園同進同出，為了接我上下課，他踩著腳踏車，將永和到敦化南路再轉至辛亥路的曲折視為順路！最重要的是，我們經常衝口而出同樣的話，我不禁認為這是某種不可解的緣分。偶爾，當我持著和他不同的意見而彼此爭論時，才會使得他發怒抓狂。有一回跑來個學弟，滿懷仰慕地說，我們是他見過最最甜蜜的一對情侶，使得他重燃對愛的信仰；我只客氣地苦笑一下，並不知道如何說出我戴著深色眼鏡是為了遮掩眼睛旁的瘀青。

其實我並不想讓別人知道這些事情，不只因為我好面子，也因我們很快又會和好，而他好的時候眞的是好好，深情又專情，是每個女孩子夢想的港灣。我想他的壞脾氣緣於自小被父母寵溺，因為他小時候患有嚴重氣喘，一條小命好不容易才救了回來，在成長過程中，家人都盡可能順著他，害怕他一動怒又發病，甚至任他燒了鄰居的整片竹林，也只能賠錢又賠罪，卻不敢責罵他。我想事情就壞在我不夠溫柔吧！如果他身邊不是個像我一樣心有不服就一定要講出來的女孩，是不是就能相安無事？於是我開始訓練自己改掉脾氣，只要忍住一句話，只要表示順從，也許就不會再惹他生氣？這樣我就能留住好的那一面的他。可惜當時不懂，打人是一種癮頭，打著打著就會成爲習慣。尤其知道打過之後也不會有什麼事，就慢慢連道歉也都懶得提，或者是說，道歉到兩人都嫌膩了。這時我開始感到厭倦，懷疑自己是不是掉入了不可自拔的深淵？我試著向我喜愛的班導賴老師求助，沒想到他問我：爲什麼忍受這麼久不離開呢？是不是有著被虐的個性？後來，我就在他導演的舞台劇裡，看見他利用這靈感，塑造了一對虐待狂與被虐狂的夫妻角色。

我不怪賴老師，連我自己都開始懷疑爲什麼還不離開他？有了這念頭後，就陸續和他分手了許多次。就像老菸槍自我調侃：戒菸有什麼難？不都戒過了那麼多次嗎？每一次分手後，他總能營造出比任何愛情小說都還要纏綿悱惻的復合場景來打動我，我幾乎都要放棄了掙扎，順從我倆命定的情緣，接受他就是這樣一個人，而決定克服障礙，成爲一個謹愼寡言的小女人。一直到了眞正心死的那一天，我深刻記得他在我門口說完一句話後，我根本只張開了嘴還未回話，他竟假設我會反對，而直接一掌劈在我臉上，讓我完全清醒過來，這才發現這麼多的努力都只是一廂情願，他的暴力行爲原來與我的回話根本無關！我回到屋裡，強作冷靜地眼看他跟進來，肆無忌憚地搗毀我房內的所有陳設。當鮮嫩的黃色玫瑰橫陳在碎裂的花瓶邊上，傾落的水分濡溼了床前地毯，我前所未有的冷靜眼神震懾了他，他立刻又使出招數，約我和他跳淡水河一起去死，結束這份分不開又解決不了的痛苦。我聽見自己平靜的回答：「我不能去，明天要考試，書還沒念完。」他開始了一連串的謾罵，說我是騙子，說我曾答應過他同生共死。我坐到書桌前開始看書，即使他衝出門外，揚言要一個人赴死，我也無動於衷。確定他的摩托車聲遠去後，我這才跑到隔壁求救，拜託幾個和他熟識的男同學去保護他。

等了一夜，到清晨他們在淡水吃完消夜回來後，我才安心回家。當晚陪伴我的那個男生，很快成爲我的新男友，因爲他勸服我堅定分手的決心，而我像抓住了浮木一般，藉由他的力量從漩渦中掙脫了出來。不久校園裡就散布我爲了移情別戀而不顧他死活的傳言，他開始關在住處不吃不喝不上課，只交代前去探視他的人傳話和傳紙條給我，讓大家都知道毀他救他操之在我。離開他令我心如刀割，我不曾對任何人解釋過一句話，因爲我和他之間的事，旁人不須也不會懂得。不久後，在一個夕陽西下的空教室裡，我看到他孤單瘦削的背影，一時之間激動得想上前抱住他；我站在教室門口，淚流滿面望著他的背影，在心裡默默對他說：「有一天你會感謝我。」即使他不可能知道我的用心，也許他後來一直都恨我，我卻篤定自己做了對的事，至少我比他勇敢，他下不了手切割彼此，就由我來做。

過了許久之後，友人問起我挨打的事究竟爲何？我以爲一切都已淡然，才張開口想回答，卻發現淚如湧泉般無法停止，話未出口就全哽在了喉頭。後來又試過幾次，一有說出口的念頭就哭泣到無法自抑，這才知道根本無法眞正平復。被打過的女人，內心永遠留下一塊水腦兒腦殼般的脆弱區塊，看似被完好的皮膚小心覆蓋，但卻脆弱到完全不許碰觸，因爲缺了一塊頭蓋骨的保護，稍不留神就是致命傷害。而且，得小心不被後來的男人知道，否則擔心會給自己貼了個標籤，讓人誤以爲我是個可以打的女人！不過沒關係，傷痕使人堅強，變得有能力在傷害發生前就避開它——雖然有時連同一些意想不到的情意也都被避掉，但總比懷著受傷的可能要安全些吧！這似乎形成了愛情性格上的永久殘缺，但是也沒辦法，曾經擁有過的事實，又該如何去磨滅它？

自我的快慰

在上個世紀，若讓人知道了我這麼自己安慰著自己，肯定被冠上「寂寞難耐乏人愛」的標籤，或者以爲我有個查泰萊夫人一樣的失能老公。幸好在還沒學會如何虛僑的時候，光陰悄悄跨越到二十一世紀——一個因害怕沉溺在過度的虛幻裡，而容許較多眞實聲音的年代。於是在許許多多個只要我高興的時刻，我就帶著隨侍在側的四個好朋友，陪我達到一次又一次的高潮；我不必碰運氣去遇上什麼情聖，也無須苦心營造天時地利人和，更不必顧慮彼此難搞的自尊心、羞恥心、坦誠之後果等等影響興致的因素，我要的只不過是極度歡暢的純粹性愛享樂，不是提心吊膽的一夜情，而是眞正與愛游離的官能需索。而我那四個好朋友，嘴巴閉得比Kitty貓還緊，甚至連眼睛耳朵也沒有，它們保證不會洩漏我的私密，還能完全聽任我的差遣，幫助我尋歡作樂。

這四個好朋友中，與我如影隨形的就是「性幻想」這傢伙。有了它，我可以完全不必壓抑自己的情感，見一個就愛一個，哪怕是路邊敞露著胸毛的建築工人、辦公室裡斯文靦腆的男同事、住在樓上剛冒出鬍髭的青春小夥子，甚或只是電梯裡同處了三十秒的陌生人，我都可以召喚他們到我面前，在我設定好的時空及氛圍，惡狼似地垂涎撲向我，或是任由我撕扯開他們的衫扣。我可不像時下流行的那些搞外遇的傻妞！浪費那麼多時間醞釀姦情、突破內心掙扎，到頭來還不就是爲了讓不該的男人鑽到體內去做那關鍵數十秒的活塞抽動！而後呢？再花工夫去收拾、去閃躲，去把每個人都傷透，還要重建已頹圮了秩序的生活。何況每一例外遇不久後也會形成另一種規律，遠遠丟開了它最吸引人的新鮮和刺激。而我那好友「性幻想」呢？它讓我每天換個對象都不成問題，如果腦袋忙得過來，大家同時見見面也是可以。

世界名畫《蒙娜麗莎的微笑》最爲人稱道的，就是她那抹參不透的神祕，每當我見到已被我在性幻想中姦淫得手的對象，還渾然不覺地向我微笑招手時，盈滿我心中的祕密，就會藏不住地溢於我那誰也猜不透的言表，而形成了如同蒙娜麗莎一般的神祕微笑，有些人則會稱讚它爲我的「性感女人味」。

也許有人不以爲然，不相信「性幻想」會帶來什麼眞實感！這時我必須承認，有時候也得請出並列第二名的兩個好朋友「手指先生」及「枕頭先生」。它們兩位所帶來的感受截然不同，「手指先生」可以那麼直接地觸及只有自己最清楚的敏感地帶，而且全世界沒有一個男人可以將力道的快慢深淺配合得比它恰當！「枕頭先生」雖然沒有赤裸裸的接觸，但是衛生上多了層保障，況且當它壓迫著充血的骨盆腔，同時扎實地頂在了兩腿之間，可要比「手指先生」多出了些擬人化的眞實感！不過「枕頭先生」不像「手指先生」那樣攜帶方便，因此有許多場合，都只有「手指先生」

能夠伴隨。它們兩位有個共同的嗜好——都喜歡限制級的情色影片，在觀看著助興影片時召喚出它們，無疑是最能放鬆和解壓的自我療法，事後疲累地沉沉睡去，還能消除失眠的煩惱。

至於那第四個好朋友「電動按摩棒」，就和其他情趣用品如「跳蛋」相同，都能以人類難以達成的振動頻率，牽動敏感部位密布的神經叢，而造成不可思議的酥麻快感。不過像這樣的「異物入侵」，還是令我有些排斥，況且買它、收藏它、清潔它都會帶來小小的困擾，因此我無法像那些女權運動者一樣，公開呼籲對它的熱愛。

可別以爲這些事情只和單身女郎相關！我身邊有許多年過三十五歲的夫妻，全都因爲其中一方性趣缺缺，而過著長年的無性生活。也許是經濟壓力使然，也許是工作上的挫折感，也可能只是逐漸衰退的身體機能作祟，或是對於重複熟悉的過程感到乏味，他們都已失去了生活的情趣，只有緊張刺激的外遇事件能夠激發他們的腎上腺素，而在中年危機即將來臨時，意識到自己仍然活著。不過外遇的周邊狀況往往不是自己所能掌控，若在原本安穩和樂的生活裡，給自己投下了一顆未爆彈，不論後來引爆與否，都足以擾亂曾經辛苦建立的幸福，待回頭時，不見得能尋回來時路。我的這些朋友，大都接受了我的建議，試圖拋下「身邊明明有人，幹嘛還要替代品？」的迷思，開始恣意享受自慰所帶來的快樂。於是她們不再苦著一張臉等老公，也不必在另一半疲累不堪的時候，哀愁地抱怨外加疑神疑鬼的審問。由於荷爾蒙和情緒同時得到了調整，這些身心平衡的女人重新容光煥發了起來，加上和我如出一轍的「類壞女人況味」，使得她們的伴侶刮目相看，而且基於男人的競爭本性，都怕她們眞會一不小心招蜂引蝶，因此再度重燃起微妙的情愫，又開始花時間在乎自己的女人。就在她們樂此不疲地自我滿足時，我總不忘提醒她們：順便將這自慰遊戲當作練習，以精進床上的實戰功力。

首先，在自我探索的過程中，妳會找到自己最容易高潮的姿勢或方式，當實戰來臨時，就可以引導著男伴，進入妳的快樂領域。其次，在自慰時多半能達到高潮，因爲一切因素都可以由自己掌控，但是到了實戰時，伴侶不見得盡如妳意；這時就可以打開儲存的記憶，讓自己回味高潮到達前的激昂，再將自慰時放膽練習的叫床呻吟及慾火難耐的表情，恣意地釋放在伴侶眼前。這些撩人的表現，不只可以引發伴侶的「激爆點」，同時也會讓自己更加進入狀況，在一連串的互動反應下，自然推動兩人間的眞正高潮。這時伴侶見到的是妳在爲人妻母之外的另一面。而這一面，也許正可以解決老公性趣缺缺的現象。

比較令人煩惱的倒不是性趣缺缺，怕只怕彼此性慾高漲，卻因遠距愛情，或是「單身赴任」的長期出差，而隔絕了兩人的宣泄管道，不免擔心著「遠水救不了近火」的後果，會不會讓別人有機可乘？這時就得搬出「一起分開自慰」的法寶，才能安然度過寂寞良宵。要如何才能分隔兩地卻一起自慰呢？這就得拜科技所賜，運用電話及電腦。電話中的「聲交」，原本是色情行業的伎倆，以耳邊呢喃的鶯聲燕語，以及男人沉重濃濁的呼吸，勾起兩方的情慾。這遊戲用在無奈暫時分離的伴侶身上，所達到的效果遠遠超乎想像。就像我一位朋友的例子，他接受我的建議，有一天忽然大膽地在電話中向他妻子訴說自己的需求，告訴妻子他多麼希望她能立刻伸過手來，像往常一樣地撫慰他的寶貝；這位妻子先是一驚，笑罵他太不正經，沒料到他不退縮，反而變本加厲地問妻子：「難道妳不正希望我現在就把妳壓在床上，張開妳的腿，然後……」他露骨地描述著自己想做的動作，妻子忍不住一聲嬌呼，更加使他說出些淫聲穢語；而強烈感應到這股熱潮的妻子，也不覺撫弄著自己，開始回應著他的言語，加上彼此嗯嗯啊啊的浪吟，就在他和她各別自慰著並「實況報導」自己的感受，而他終於再也按捺不住，低聲叫著自己已經「出來了！」的同時，她也達到了前所未有的奇妙高潮，兩人就在電話線的各一端，喘息著回味這不可思議的經歷。

當然經常玩著同樣的遊戲總也會膩，所以我又建議他們加上電腦的即時通對話。透過電腦螢幕的文字呈現，進入的是一個截然不同於親身對話的世界，多了一層隔閡，更添了些樂趣，而且文字的表達遠較語言寬廣，許多說不出口的話語，或是浪漫的營造，都可以再經過思考，而組合出比語言更精確的巧思。何況在電腦世界的對話裡，兩人又回復到某種熟悉的陌生，像是重回當初相戀的時光，別有一番風味。而各自在電腦前完成的自慰，會出現一種虛幻的陌生感，足以取代外遇所帶來的刺激，也是另一種層次的趣味。這樣的「一起分開自慰」，除了稍解彼此相思之苦，並且戒除對方不貞的藉口之外，更能累積醞釀下一次見面時的張力，讓已經在電線兩端欲死欲仙的彼此，一見到面更加難捨難分。「一直期待著卻吃不到的東西特別好吃」，這是人之常情，這樣的心理遊戲，讓距離反而成了一種魔力。

即使是正常相處的夫妻或伴侶，也不會那麼巧合地慾求都相同，總有人量要多些，或者是希望能變化多端。但若其中一方或雙方性慾太過高漲，雖然可以享有更多的性愛愉悅，卻終將成爲兩人相處的障礙，因爲花費了太多時間在性事上，不只缺乏時間相互溝通瞭解，而且久而久之，就會感到兩人的感情竟建立在肉慾之上，而降低了情感的品質，或是懷疑對方只將自己視爲縱慾工具。

所以最好的折衷方法，就是將過剩的慾求，透過自慰來宣泄掉一些，這樣才不會一見到面，就只忙著「近身肉搏」，而忘了留下一點空間和時間，進行心靈的契合。

如果沒了性騷擾

在幾十年的奮鬥之後，台灣女權終於抬頭了！「性騷法」一頒布，許多男人卻變得垂頭喪氣。不知道這算不算是一種性騷擾？我的男性友人們常常以爲可以向我訴說他們的性事困擾，尤其最近，我被「性騷擾」騷擾得很想告人，卻還是得很「哥兒們」地傾聽，因爲他們實在太值得同情了！

首先，Jason聽說只要他的行爲讓女人覺得不舒服，女人就可以告他，於是一向只管自己爽的Jason，在床上衝刺時不時問著女朋友：「舒服嗎？妳舒服嗎？」實在被問得煩了，女朋友正想叫幾聲假裝高潮來結束殘局，不料Jason卻撤退了。Jason懊惱地說：「我一直擔心她會告我！」

他女朋友卻忿忿地許願：「眞希望再頒條法律，沒讓女人舒服就撤退的男人都抓去判刑！」

後來Jason又跑去夜店把美眉，想藉著新鮮刺激來回復自己的硬漢本色。沒想到他一開口，還是去不掉心頭陰影，總是不放心地頻頻問著：「舒服嗎？我這樣說話，妳舒服嗎？」美眉們以爲他是某種變態，紛紛走避。

Daniel的情況就不太一樣。他很喜歡去泡酒店，爲了安全，聰明的他就自己擬了一份切結書，要求小姐們都簽字同意被他騷擾，並且放棄訴訟權。誰知道這件事被小姐傳了出去，媒體找到他家裡要訪問他，結果上酒店的事就被他老婆知道了。更嘔的是——法律專家說這種切結書違背善良風俗，根本不具備法律效力！事情還沒了，當他搬出「性騷法」當藉口，向他老婆解釋上酒店是爲了怕被她告，「付錢的至少安全呀！」從此他老婆爲了讓他放心，就在每次做愛前都先向他收費。

朋友Keith看不過去，就在網路上成立了「性騷法部落格」，希望網友上來提供能夠性騷擾又不觸犯法律的方法，沒想到立刻po上來的卻是一堆女人的抱怨：

最近瓊瑤電影又在電視上重播，我才學林青霞說了一句：「嗯，你弄痛我了！」我男朋友就嚇得邊道歉邊跑掉了！

我很喜歡韓國電影野蠻女友，以爲男孩子都會覺得可愛，有個男孩來搭訕，問我喜歡什麼休閒活動？我就說：「幹嘛？關你屁事！」他卻立刻消失了！

對呀！現在的男人眞是孬！我以爲學日本A片那種「啊！啊……」的表情很誘人，沒想到那男人跳起來提褲子，邊跑邊說他眞的不是故意的……

其中最中肯的算是網友Stella，她說如果敢去告老闆性騷擾，那乾脆先辭職不幹就好了。就是因爲不想放棄那份不錯的工作，所以才隱忍著老闆的騷擾，要是眞去告了他，在公司還待得下去嗎？

法律的立意是好的，但是究竟合不合用？眞得先問問被騷擾者的意見才成。立法者不知道有沒有想過：如果沒有性騷擾，會給女人帶來什麼困擾？

第一點，如果沒了性騷擾，我們如何分辨自己是否比別的女人優呢？在從前的日子，雖然被騷擾是很不舒服的事，但是想想爲何男人不是騷擾別人，卻偏來騷擾我呢？擺明了就是我令男人垂涎三尺嘛！而且，像我們這種從少女時代就被讚美及騷擾包圍的角色，早就駕輕就熟地可以誘引喜歡的人來讚美、嚇阻討厭的人來騷擾，衡量男人犯不犯罪（或犯賤）的那一把尺，根本就握在我們的手上呀！才不會像那些沒什麼經驗的女人，只因人家還沒看清她的正面而開口搭訕，就尖叫著要把人家繩之以法。當然如果我說：別人怎麼對你，全都是你自己的態度所招引來的！一定有許多女性表示抗議。也是啦！確實有這種男人，就只是慣性犯賤（或犯罪），好像不尊重女性是項多麼有趣的遊戲一般；這使我想起大學剛畢業時，應召去支援電影《悲情城市》的拍攝，塗了白臉和一群女生等著演日本藝妓，而那場戲中即將被殺死的「大哥」，每遇到調燈或換景的空檔，就不停伸手去摸那些女生一把。不知是不是藝妓角色上身？那些被騷擾的女生個個被摸得吱吱亂笑。由於那位「大哥」長得奇醜，又完全不是我欣賞的style，我就一直瞪著他，但他還是忍不住向我伸出魔爪，我竟毫不客氣地像武俠劇那樣，伸出右前臂活生生「卡」一聲架開他；魔爪與粉嫩右前臂就這麼僵持在空中長達三秒，四周空氣凝結，我幾乎都快聽見《十面埋伏》前段的琵琶聲……說時遲哪時快，色大膽小的龜孫子「大哥」忽然換了一副笑臉，「呵呵呵呵」地縮回手去搔搔頭，假裝清除了那三秒的記憶。我當然立刻明白自己完全不適合進演藝圈，但若是我把這芝麻大的「三秒事件」拿出來提告，倒楣的難道會是那位因此戲攀登影帝寶座的「大哥」嗎？即使博版面也博不過另一位被醜男襲臀的豔星呀！

話又說回來，如果這社會沒了性騷擾，實在很難知道眼前的新好男人究竟是不是gay？即使看來再可口，他就是死不來搭訕，也不散發旺盛的費洛蒙亮著雙饞眼，語出雙關地調戲起妳來，妳又怎知他的理想家園不在斷背山？難不成要女人主動出言相詢？那會不會因性騷擾罪名被男人告上一狀？光是想起來就糗死了！還是准許男人適度來騷擾一下吧！

沒了性騷擾的第三點壞處，就是從此我們很難發現哪個是爛男人。以前的爛男人都會因性騷擾行爲而被口耳相傳，現在爲了害怕被告，大家都把本性隱藏起來，根本看不出誰是衣冠禽獸？哪個又是人面獸心？在挑選男人時，失誤率足足就高升了一倍，簡直是浪費女人的時間。

其實「性騷法」也不是一無是處，在這失業率高漲、經濟又不景氣的年代，心理諮商師這行業託了「性騷法」之福，case簡直就是應接不暇。男性病患大量湧進了診療室，想要找出自己低人一等的原因，他們不解爲什麼裴勇俊向女人眨個眼、Rain扯開自己上衣再抖兩下，全東南亞的女人竟爲之瘋狂！相信只要他們肯對哪個女人性騷擾，付出再多代價也有女人願意爭取！如此一來，似乎金城武、王力宏、周杰倫等等這些偶像級明星的性騷擾，都該冠以「性恩惠」之名；若換成湯姆．克魯斯、貝克漢等國際級帥哥的騷擾，不就等同被皇帝臨幸一般的「性福音」？所以女人對於被騷擾與否的認定，全繫於這男人受不受歡迎。當然諮商師也可以舉出柯林頓的例子來安慰被告的男人，即使是全世界最有權勢的帥哥，還是免不了性騷擾後馬失前蹄的厄運。男人若假想自己只不過像美國總統一樣倒楣，也許可以稍解心中的鬱悶與不平衡。

難道女人就是「性騷法」的贏家了嗎？可不盡然。不平衡的女人數量並不亞於男人，因爲以往走過建築工地就會被吹口哨、調戲幾句的街景已不復見。在辦公室、酒吧裡、捷運上、朋友聚會時，再也聽不見令人笑罵「死相」的那些玩笑言語了！因爲男人全都沒把握話一出口會不會被告。女人只能靠著對自己內涵的極度自信，來假設自己仍然令男人十分愛慕，這當然是好現象！女人不再依附男人的甜言蜜語來得到自我肯定，而必須眞正對自己有信心。但是，畢竟能成熟地做到的人只屬少數，於是心理諮商師的相談室裡就持續忙碌……

ㄨㄟˇ人柯林頓

柯林頓能算是個偉人嗎？字典上對「偉」字的解釋是：奇異、盛大、壯美。他是滿奇異也滿高大俊美，但字典上又寫著：「偉人」是做大事業而有高尚人格和功績的人。高尚人格？這恐怕就有點太扯了。不過沒關係，既然花了大把銀子請來了貴客，我們也努力找出更可以貼切詮釋他的十幾種「ㄨㄟˇ」人，來表達對他的一番歌頌。

首先，身爲全世界最強權國家的領袖，他理應不負全美人民的「委託，好好當個「緯」世（治理天下）之人。當然我們無法忽視他在任內所創下的當代美國最低失業率紀錄，維持了通貨膨脹在三十年來的最低水準，並開創出美國歷史上最高的自有住屋率，而且降低了很多地方的犯罪率，同時讓教育升級，刺激全球網路發展，強化環保法令，爲中下階層減稅，在一九九八年更讓美國的赤字轉虧爲盈，成爲美國歷史上最偉大的成就之一，以致打造出一個「重新團結的美國」；還發揮談判協調的功力，協助北愛爾蘭和平進程、結束科索沃戰爭、讓美越關係正常化等。他甚至還甘冒大不「韙」，在中國對台灣試射了三枚飛彈時，「韙」（認爲是對的）其言地指出中共已經太過火，而派出太平洋艦隊的航空母艦到台灣海峽，來解除台海危機。

他如果能這樣持續下去不就好了！偏偏他要抽空去當個「猥」（卑鄙）人，和白宮實習生露溫斯基幹些「猥褻行爲」（因性慾衝動而做出的違背善良風俗的行爲），還要精液「猥盛」（形容多而盈盈，《漢書》：水猥盛則放溢）地噴在人家的裙子上，才會被獨立檢察官史塔和芮伊逮到證據，而展開總共花費一千兩百萬美元公帑的驚世大調查（還不包括白水案的其他部分調查費用）。他曾試圖發揮法學的專長，宣稱他沒跟露溫斯基做愛，被拆穿後還想狡辯，認爲被吹喇叭不算做愛，那難道只是在緬懷他中學時想當個薩克斯風手的夢想嗎？不如就「推諉」（卸責）說是露溫斯基強暴他算了。即使百般「諉」過，但他此生恐怕再也洗脫不了這「痏」（有斑痕的瘡疤）人的形象了。當全球媒體的鎂光燈都聚焦在他身上，他倒是一時之間眞成了「暐」（光盛的樣子）人，恐怕隨時隨地一現身，都會閃得他睜不開眼。連小布希在競逐總統寶座時，也是動輒以「黑暗面」來形容柯林頓的操守，試圖打擊民主黨的形象，讓柯林頓尷尬得不知該不該爲同黨候選人站台。當小布希打出「樹立總統的體面與尊嚴」的口號，向選民保證他將爲白宮帶來新氣象時，民主黨員只恨不能將柯林頓這「衰尾」（台語）人給藏起來，或是乾脆劃清界線。

有人說柯林頓會在辦公室胡搞，是因爲他老婆希拉蕊太過強悍，才讓他變成了「陽痿」（男人生殖器不舉的病症）之人，必須借助口交來重拾自信。這眞是天曉得啊！身爲女人又爲人妻，要的只不過就是王力宏唱的那一句——「你就是我的唯一！」而不是「唯」字唯一的三聲念法——

「唯」（ㄨㄟˇ）唯諾諾。難道被說成悍婦是她願意的嗎？女人的強悍都是被男人的懦弱所逼出來的。自從一九七四柯林頓參選眾議員敗北的隔年，同樣畢業自耶魯大學法學院的希拉蕊嫁給他後，就一路旺夫旺上了總統之路。中學時的窮小子柯林頓，以校園選舉的「男生國」（Boys Nation）總統身分，代表阿肯色州到華府被甘迺迪總統握了握手，十七歲時又在電視上看了馬丁・路德・金恩博士的美國之夢演說，就這麼天眞地立志踏上政治一途。如果不是希拉蕊在身邊貢獻智慧和多年的支持與付出，難道憑他「有夢最美」的理想，就可以在三十二歲時選上州長、四十六歲時當上總統？可憐希拉蕊辛苦扶起了阿斗他哥哥，沒想到老公的「弟弟」卻沒法帶給她性福。犧牲小我也就算了，反正當上了總統夫人，滋味還眞不錯！不過她要的是老公成爲「亹」（勤勉、孜孜不倦）人，盡全力拚事業，並不是胡搞瞎搞，捅破連她也收拾不了的樓子，斷送掉好不容易才點滴經營起來的前途。

既然柯林頓不具備韋小寶般同時搞定好幾個女人的能耐，就不該惹得希拉蕊大呼：「吾心已死卿可去！」而緋聞對象也出來作證讓他入罪。要不是在他卸任總統職務的前一天，和檢察官芮伊達成了協議，願意公開認錯，而且繳付二萬五千美元的罰款，並被吊銷在阿肯色州的律師執照五年，芮伊才同意在他卸任後做出不起訴處分，否則恐怕他還得面對作偽證及妨礙司法的控訴。在這件緋聞中，除了書賣得奇好卻充滿爭議性的露溫斯基之外，唯一受惠者可能就是婚姻諮詢專家，因為柯林頓一家人接受了長達一年、每週一次的正式諮詢後，希拉蕊和女兒雀兒喜才慢慢走出事件的陰影。這樣不名譽的糗事，幾乎完全抹殺了柯林頓在世人心中的好印象，也不再記得他曾經在州長就職典禮中，發表了媲美金恩的感人演說：

「有記憶以來，我就深信機會均等的理念，我將竭盡所能予以推動；有記憶以來，我就譴責獨裁，以及當權者濫權，我將竭盡所能予以杜絕；有記憶以來，我就希望能夠減輕老弱、貧困人士的生活負擔，因為他們本身沒有過錯，我將竭盡所能給予協助；有記憶以來，我看到這麼多獨立、勤奮的人工作非常努力，可是因為經濟機會不充分，得到的回報太少，我將竭盡所能予以擴增……」其實這些誓詞，一直到他入主白宮之後，在終其一生的公職生涯裡，也都奉行不悖。做了這麼多，但眾人卻只記得印象最深又最好笑的緋聞事件，早知道還不如像咱們的內政部長那樣，只要專心一意把「鮪」魚賣好，就可以一路扶搖上青天，還受到漁民的感念愛戴，提議要爲他塑造銅像，矗立在偉人國父旁邊。哪像柯林頓！即使鄉親們爲他在阿肯色州首府小岩城花了一億六千五百萬美元蓋了一座「柯林頓總統中心」，但他還是沒辦法眞正當個偉人，擁有自己的「鮪」人銅像。

還未到六十歲之齡，柯林頓就面臨退休，而且人生再也找不到更風光的職務，就像他在離職前幽自己一默所錄製的告別影帶——曲終人散，人去樓空，都沒人要理他了。自從動了心血管繞道手術之後，有人說他看來鬱鬱寡歡，神采黯然。如果柯先生他能領悟達摩一「葦」以渡江的悠然豁達，就不會如此鬱卒啦！幸好前一陣子的南亞海嘯過後，老布希又找了他一起爲賑災而募款，只要能參與國際重要大事，感覺到自己仍有用處，他似乎也不在意被擺在多老的行列裡。現在，他又來看我們嘍！就在中國又要訂立什麼反分裂法的時刻，看看這趟能爲內部已經呈現分裂的台灣，再帶來些什麼樣的話題，以引起國際媒體的注視。相信老柯這一趟台灣之旅，一定可以站在演講台上爲我們「娓娓」（不倦的樣子）道來，不只因爲政府花出去的銀子，也因爲他是我們心中迷人又常凸槌的ㄨㄛˇ人，讓我們爲這位比小馬哥還像明星的政治人物，給些掌聲鼓勵鼓勵！

爲偉大的性事乾杯

人生而有性，是爲人性；獸生而有性，叫做獸性。人性和獸性都是動物性，動物發了性就做了性事，新生命於焉誕生，自此生生不息。大多數動物發情做性都有一定的時節和間隔，但人卻天賦異稟，隨時只要性由心中生，就可以來一回。爲了稍微控制人的性慾，以免因慾念而形成罪惡的淵藪，有些宗教就以素食禁慾爲戒律，讓食物中的植物性蛋白漸漸轉化人的動物性，而達到清心寡慾的天下太平境地。

然而讓人轉性以至於心中無性事，當然無法就此天下太平，反而會步向種族的滅絕；何況人只要心臟正常跳動，生理維持健全，心和生一合併，自然成就一個性字，男女皆如是。不過男人和女人對性的態度不盡相同，若把性字拿來面對，像婚禮上的新人一樣男左女右站立，那麼「生」字就是男人，「忄」字就是女人，也難怪男人的性多以生理爲主，而女人的性就著重在心理層面。男人只要在視覺、嗅覺或觸覺甚至聽覺上稍受刺激，很容易就起了性反應，俗稱搭帳篷、升旗、激凸等等，所以只要衣著裸露再噴灑些香水，上前細聲嗲氣地碰觸男人，男人的性激素就會直衝腦門，做出許多瓦解人類理性智慧的事來。要女人性趣盎然，可就不是裸露自己然後碰觸她就能辦到，小心被賞一巴掌！想讓女人折服必須攻心爲上，先要讓她相信在你眼中她是多麼美好，再讓她知道你那麼想占據她的身體，完全是因爲愛她的內涵！

女人雖然耗費不少時間、精神、體力和財力來讓自己看起來頗爲性感，例如可以擠出乳溝的內衣、露出修長美腿的絲襪和高跟鞋、看來更狐媚的化妝術，以及古相書上判爲淫相的水亮溼唇，當然還有減肥健身拉皮整型護膚等等名堂，但弔詭的是，女人都不希望男人是爲了性而被她吸引。男人可就不同了！如果有個女人宣稱她是因爲男人在床上的表現而牢牢綁住她，令她再也離不開，這對男人而言，可就是無上的驕傲和莫大的肯定！有哪個男人不喜歡女人認定他「很行」？當女人成長到胸前隆起了性徵，男人就無法忽視眼前站的是一位「女性」；而男人成熟到對性有了需求，女人也就明白他是個鐵錚錚的「男性」。當男性遇上女性，難免就會動心，而啓動了動物性，這時還要求男女動心忍性，可就不太合乎人性了。

當男性和女性在一陣爾虞我詐迂迴收放的愛情遊戲之後，終於進行了那彼此都期待著的性事，接著各達目的的雙方，很可能就會性情丕變，而產生了「失戀」這過程。戀眷任何事物，其實都容易落入「貪、嗔、癡」的迷思。當男人信誓旦旦地滿口甜言蜜語，保證一定會珍惜妳，也許他正滿腦袋的「性是蛋蛋」，他那兩顆蛋蛋所製造出的萬千精蟲部隊，千方百計地就想衝進妳的堡壘。而女人總是等著男人倦鳥歸巢，但回歸的可能是深處的卵巢，讓男人有著回到溫暖母體的胚胎期記憶，因而造成受精卵著床，達到女人與生俱來的母性使命。如此說來，戀愛及失戀這些唯美浪漫的情事，也不過是性事的衍生物，但是背負著「羞恥感」包袱的人類，就一定得標榜性事只是「愛情」的其中一項產物。總之男人和女人有了性事之後，女人生下了小孩，就得跟著男人姓，於是組成了一個家庭，許多家庭又組成了村落、社會，以至國家、洲際。所以這證明了性是一切的根源！讓我們為偉大的性事舉杯！

我的北京下巴

在北京某處整型醫院的角落裡，有一塊藥水泡著的我的下巴。

「江小姐，這塊下巴是您的了！我會幫您保存，隨時等著您回來，免費再幫您裝上。」

醫生有禮貌地說著，不過我想我再也不會回去了，至少這輩子不會，而且其他所有整型手術也都將被我排除在外。你們不會瞭解，那不是痛，因爲打了麻藥，而是……每當回想起三個醫師奮力設法從我下牙齦夾層裡拔出那塊假下巴，但我的自體組織又已增生包納住這外來物，幾度猛力拉扯的衝擊震撼，讓當時意志清晰活生生躺在手術台上的我永誌難忘……

事情發生在春暖花開的北京市郊，我到朋友「香江花園」高級別墅區的豪宅度假。一見面，她就閃著神祕的笑問我：「妳看，我有什麼不一樣？」嗯？口紅顏色吧！她興奮又沒耐性地拉近我，整個臉挪到我鼻前來說：「再仔細看看！嗯？」除了想找出破綻，哪個女人會那麼有興致去注意別的女人的長相？「妳去拉皮啦？」我隨便猜，但似乎變相誇獎了她，她夾著眼角魚尾紋哈哈大笑，然後側過臉又正過臉展示著說：「拉皮還沒啦！我去裝了一塊下巴。」

哇！經她這麼一說，果然是不太一樣。她原本臉圓圓的，現在像水蜜桃般多了一個尖，銜接得還算自然。

「怎麼樣？很好看吧？醫生說張曼玉裝的也是這一款，妳記得嗎？以前在《新紮師兄》的時候，她的臉型根本不是現在這樣！妳看，像不像她？」

嗯，這麼一說還眞的有點像，不過我在她下巴找不到傷疤。被她看穿，她又咯咯笑了。

「妳要看嗎?傷口在這裡啦!」

說時遲哪時快，她將下嘴唇往下拉翻逼著我看。我趕緊轉移話題，問她爲什麼決定去整型?她隨手取來擺在桌上的鏡子，左照右瞧說道：

「加強競爭力嘍!我只要寫一個企劃案，就可以得到月薪五千美金的一年合約，還提供我住這樣的豪宅;但是妳知道光是北京就有多少人才嗎?我英文溜，大陸人可也不簡單，既然能力一樣優秀，金主幹嘛不找個順眼些的來對看?開會的時候也愉快些吧!」

嗯，整型有理，坦白從寬。朋友是從台灣躲債跑路過來的，短短三年，現在成爲地產顧問，工作是將有地的土財主、蓋房子的大建商，以及負責行銷的外商顧問公司整合在一塊。她以前專做美國盤的地下期貨，見過大場面，也懂得與有錢人周旋，和老外還可以用英文談判對罵，這錢正合該她賺啦!不過她整的是下巴，眼睛卻變得炯亮，和當年我趕到機場資助她逃亡旅費時相較，眞是自信有加。她對著鏡子又補上一層蜜粉後，拉著我要去社區的「會所」裡喝下午茶，順便見見介紹她整型的Tina。

Tina外表像個美豔世故的老北京，事實上卻是打十幾歲跟著男人跳上火車，才一路混到都市來的鄉下姑娘。我朋友有時必須幫建商處理整批樓盤的室內裝潢，因此認識些香港來的設計師和下游廠商，Tina的外籍男友做的是歐洲高級沙發、窗簾布料生意，於是Tina就整天陪著我朋友逛街、吃飯，玩些新鮮事來培養交情。男人間最密切有效的就是「共嫖情誼」，而女人間大概要數「共整情感」。爲了拉我朋友去整型，才好成爲分享祕密的姐妹淘，Tina不惜自曝她全身上下已經整過了十幾處，而我朋友也不惜出賣Tina的祕密來爭取我的加入。

「我告訴妳，坐在右邊第二桌那個是香港人，上個月才踢走祕魯大使的老婆，搶了夫人的位子坐。左手邊那個胖太太也是台灣來的，英國駐北京大使夫人。現在大使圈子都怕死了華人女人哪！可厲害了！一不小心，老公就會被搶走。她們哪幾個整過哪裡，我都知道！」Tina入座之後，壓低聲音告訴我。社區「會所」豪華得媲美五星級飯店，通常是夫人們牌局中場休息的加油站，幾桌湊起來根本就是個聯合國縮小版，大家牌桌上商量好的事情，各自回去後就在大使枕邊耳根子輕咬，許多國際外交員就這樣定了局。我朋友說有人還專程帶個電腦上北京來，花整個月時間上網去找想交友的大使面試，不論當女友或短暫陪伴，反正都是當上大使夫人的跳板。全世界駐北京的大使何其多，即使搭上的大使來自聽都沒聽過的國家，也一樣可以打入大使夫人的上流圈吶！

其實朋友和Tina大費周章，帶我到「會所」見識大使夫人們的下午茶會，也無非是要讓我感到親切自在，然後兩個人才好一起勸我去整型。事後想起來，好像整過型的人都希望勸大家和他們一樣，也許這樣就可以見怪不怪。說也奇怪，剛開始我對她們那些「增加競爭力」的說法覺得可笑，但在那種「人皆整之」的氛圍裡，我竟也開始為自己找些勢在必行的理由，愈想愈覺得自己的缺陷無可容忍。當時我還沒去做齒列矯正，下嘴唇忙著往上去包覆暴牙，下巴也就顯得特別短，像北京猿人那樣。在台灣時老被稱讚甜美可愛的短短臉，來到這裡卻彷佛變成事業前途的障礙。隔天我半推半就跟著她們去「聽聽醫生的意見」，拍了幾張檔案照後，醫生說必須做「畸矯」——說我是畸形，必須矯正啦！只不過想回復當個正常人也是人之常情吧！何況面相學上好像認爲下巴掌管事業運及晚運，不趁這機會整一整怎麼行？難得能認識這全北京最著名的整型醫院的名師呢！而且價錢只要台北的三分之一！反正復元期兩週一過，回去就可以突然變漂亮了。

就是這樣，我不由自主又莫名其妙地在北京上了手術台。他們先在我嘴巴裡打了許多針麻醉劑，接著用固定器將我的下嘴唇往下拉翻，然後在我清楚的意識下，開始鋸開我下排牙根和牙齦交接處；深度夠時，就出現了夾層似的口袋，再將那塊價值八百美元的高科技矽膠置入，往口袋裡向下挪移到下巴的位置，最後捏整到醫師滿意的形狀。在鋸得支離破碎的下牙齦黏膜皮膚上縫了幾針後，醫生放開了固定器，對著大功告成的傑作滿意地說：「這就對了！嘴唇下面要有個窩嘛！窩出來了，下巴才會漂亮。」他這麼說，我也有點興奮和期待，才花了三個多鐘頭，說不定我的人生會更加亮麗起來。

回到朋友家，朋友就撥了家中三個傭人之中的一個，專程負責伺候我。這鄉下來的女孩，仍紮著條烏黑油亮大辮子，每天早上見我下樓就請安：「小姐，請問您今天早餐想吃些什麼？」讓我覺得自己像是軍閥的刁蠻壞女兒。她們可珍惜這管吃管住的別墅生活吶！一個月還領八百元人民幣，比普通公寓幫傭足足多了一倍。就這樣專人照顧著，飯後吃完藥，看幾片十元的A拷電影DVD，再到自家的花園裡喝喝茶，不到三天我就能正常進食，兩週後傷口如期復元拆線，朋友和Tina還陪我嘗美食、訂做旗袍、逛胡同夜店，玩得不亦樂乎，才結束假期回台北。

回到家沒幾天，不知怎麼已復元的傷口卻又流出黃膿，將膿擠出還會滲點血水。我急急致電北京，請朋友找到醫生，醫生轉達要我買些消炎片來吃，否則就只能回北京找他。我工作也算忙碌，一時還抽不出時間再跑一趟，就這麼每天幾次擦拭著嘴裡的膿血，一拖就拖過了半年。其間我也曾請教過老友莊雅清，那時在幫她代編媚登峰內部刊物，她要我去她先生的整型診所重做手術，但是北京醫生答應要幫我負責善後，我實在捨不得再花那一大筆錢。終於在下巴已經惡化到不碰也痛的情況時，我又飛赴北京，打算取出我那無緣的下巴。

這回醫生讓我住院觀察了幾天，發現暫時還無法解除發炎現象，只好決定先將被排斥的下巴取出。同病房有位重慶來的女人特愛聊天，還到我床邊硬是掀起衣服，要我看她在家鄉時整壞的傷疤，全身破布娃娃似的身體，竟是這滔滔不絕的女人口中的自信來源。她男人來探她時，她用家鄉話嘰嘰嘎嘎就這麼罵了起來，實在想不出這可憐的潑辣女人，還會有什麼樣的男人能疼惜她？

再度進入手術房，這回醫生們的忐忑取代了上回的輕鬆談笑。他們將我流膿的傷口再次割開，可是打算取出那塊東西時，才發現它幾乎已經長成了我的下巴，即使用手術刀割掉了周圍的血肉，也仍然無法將它拔除。我躺在冰涼的手術台上，看著醫生們不停地冒汗，當他們發現大勢不妙，開始野蠻地使勁猛拔時，我整個人幾乎要被那勁道提領起來。過了不知多久，在我驚嚇到昏厥之前，他們才終於宣布取出了我那塊不情願與我分離的下巴。

我的北京下巴，像某種啓示錄那樣，戛然截止了我輕度迷失的空虛奢華。之後我也結束掉原來早已厭棄的虛假商場生涯，以及被自己蒙蔽了的虛幻期待。我不會否認這些曾經眞實屬於我的糜爛德性，就像這塊曾經眞實糜爛在我口中的人造下巴。它一度成爲我身體的一部分，即使取出後某些組織已被清洗掉，但也許還能驗出我的ＤＮＡ。有時我會猛然思念起它，就那麼短短幾秒，閃過一份陌生卻又血脈相連的模糊記憶，就在北京城郊那某處整型醫院的角落裡，有一塊藥水泡著的我的下巴……

Part 2

調戲男人

調戲男人

常有人說男人是「用下半身思考的動物」，意味著男人肚臍以下的器官主導著行爲，根本是衝動行事而不加以思考；女人對於這樣的調侃很欣賞，但是面對男人這種尚未進化完全的動物性，仍然束手無策，恨得牙癢癢。雖然男人不願承認自己的不文明，卻也樂得打蛇隨棍上，反而以此定律來爲自己的「犯行」合理化。當然「用下半身思考」的說法，在醫學上並不合理，下半身只有執行能力，在執行之前還是得由大腦發出指令；只不過男人在這方面的理性往往薄弱到忘了理，只看見一個「性」字，但是「性」由心生，終究還是不可能由下半身獨立進行。因此推論起來，女人說的只是傻話，男人不可能用下半身思考，頂多是全心思考著如何攻占女人的下半身。於是有些只用下半身和男人交往，上半身卻引不起男人興趣的女人，以及自己的男人轉而用心在其他女人下半身的女人，就悲憤地將男人形容成隨時隨地都只盤算著如何「盡性」的低等動物，而且四處奔告同伴，要她們小心這些披著男人皮的畜生。男人一旦被誤解，就懶得花力氣申辯，但私下若要問起來，卻沒有一個正常男人能像「性愛機器」般按個鈕就動起來，男人的心，男人的身，和女人同樣需要前戲的溫潤，才可能發動起來勇往直前。

「所以男人也需要前戲嘍？」女人乍聽此「新聞」，大都感到新鮮。仔細一想，男人也只是人，不像某些作家所說的是「火星來的人」，男人和女人一樣都是情感的動物，只要將心比心，用「人本」的角度去對待另一個人，都不會有太大差錯。不同的是，男人接收感官的刺激比較直接，不似女人須經複雜的情緒轉折才產生情感意念。因此若要進行成功的前戲，有效地引起男人的情慾，可以從以下幾項感官刺激來著手：

嗅覺 女人身上的香味，不論是來自保養品、衛浴用品、化妝品、香水，或是與荷爾蒙有關的體香，都能撩起男人無限遐思，而帶來愉悅的女體記憶。

視覺 若隱若現、欲蓋彌彰的性感裝扮，最能引起男人想要撕開包裝、暢快享用的本能。若能在表情和動作上，搭襯那充滿女性魅力的外觀，令男人心動應是易如反掌。

聽覺 聲音是表達情緒的窗口，使對方知所進退，也難怪某些叫聲會使人銷魂蝕骨，衝動不已。如果能以溫柔或調情的音調，拋出令男人酥軟的線索，相信正是充滿了性暗示的最佳前戲。

觸覺 膚觸是最直接的情挑，當神經末梢的感官接收器將訊息傳達回大腦時，相關器官的反應將即刻呈現，前戲的任務也就告捷。

味覺 可別懷疑，在床笫之間怎會運用到味覺呢？當妳親吻、啃、咬對方時，就會發現對方特有的滋味，將增添前戲的無限情趣。

痛覺 也許基於ＤＮＡ所賦予的動物性，某些男人容易沉湎於刺激，在不安全的環境中占有獵物，享受搶奪來的勝利。痛覺和刺激有著直接的聯結，有時製造些許痛覺，或是輕微些的癢、麻感受，也可以造成刺激感。

以上這些知覺都並非抽象，而且可以彼此搭配，互相爲用。若要實際串連起來，也許就出現以下場景：

在一個布滿女性香氛的環境裡，男人耳邊流轉著女人的鶯聲燕語；女人身上的柔軟絲質性感睡衣摩挲著男人的體膚，男人不禁伸手撫觸女人比絲還滑嫩的肌膚，而女人更回應著使男人一陣觸電般癢、麻的輕撫，甚至興起，小貓般啃咬著男人強健的臂膀，引起了男人的痛覺，而翻身展開了饞狼般的反撲……

女人間以訛傳訛的關於男人的謬誤認知，常成爲兩性相處的嚴重障礙。趕緊檢視一下，在這幾項錯誤中，妳犯了多少無心的過失？

一、男人沒興趣，一定有外遇？

其實男人的想法與女人不同，並不會爲了要忠於外遇對象，而不肯和元配上床。如果男人沒興趣，可能就只是他眞的沒了興致，也許是眼前的女人讓他提不起勁，也可能問題出在他自己。要讓男人提起勁，上述的前戲是帖良方，但假使是他的性能力出了問題，就必須判別其中的輕重緩急。當男人在生理上出現重大功能障礙時，最好盡速求醫，找出病因。有時生理的病徵來自於心因性陽痿，而心理病因則可能出自生活壓力，或是其他的挫折經驗。只要能抽絲剝繭找出原因，男人的「不行」就像任何疾病一樣，都可以設法解決。

二、男人不主動，就是不想要？

有時男人也會感到疲倦，或者想要享受一下被完全服侍的樂趣，但是家裡的女人卻習慣於等他發動攻勢，於是有些男人就會禁不住誘惑，花錢去外面找女人，在較無壓力的情況下，發洩自己的情慾。其實在兩性的相處上，「角色扮演」是不可或缺的一環，如此親密的生命共同體，除了互為伴侶之外，還可以是好友、父女母子、手足。所以當另一半只想躺著休息時，也許妳可以拋下誰該主動的成見，好好為他服務一番，讓他從此對妳更加依戀。

三、要求以手滿足，很變態嗎？

有些女人無法理解：我都已經活生生的在你面前了，為何不直接發生關係，而要以「手工藝」來幫助對方達到快感？事實上眞實性愛和「手工藝」的樂趣大相逕庭，而「手工藝」也正是前戲之極致。如果女人肯放下莫須有的身段，練習良好的「手工藝」，來幫助男人達到極端舒服的銷魂境界，對於彼此情感一定有所助益。

四、口交很髒嗎？

許多「良家婦女」都無法想像自己能做出「口交」這樣的事來，總認爲那是外面「賤女人」的專利。但是難道妳不想看著自己的男人因爲妳的技巧，而發出舒服的呻吟嗎？有些既有的觀念會阻礙許多樂趣的進行，如果深愛一個人，他的身體當然也是無限可愛！只要事先清洗乾淨，慢慢試著去找出其中的快樂滋味，兩人之間就多了些牢不可破的親密。

在這些前戲之後，不論是男人女人，應該都已慾火高張，興味無窮。但以下這幾項禁忌，必須切記別在前戲的過程中觸犯，否則將會極端殺風景，讓氣氛尷尬地凍凝：

一、別嘮叨家務事

即使服裝再性感、撫觸再輕柔，如果在伴侶耳邊還叨絮著小孩咳嗽要不要去看醫生？下週爸爸生日該送什麼禮物？或是忽然追問水電費去繳了沒？這個月底到底加不加薪？……這都會使得男人的熱情快速冷卻，且欲振乏力。

二、別做作

雖說玩角色扮演，但也得適可而止，別故意學來電影裡色情行業的行爲舉止，否則會變成破壞氣氛的搞笑演出，這樣所有的前戲就全都破功了。

三、別急著問反應

當前戲還在進行中，可千萬別認眞地觀察男人的反應，追問著：「怎麼樣？感覺來了沒有？」任何書上教的技巧都只能作爲參考，重要的是自己要融入其中，才能體會箇中奥妙。如果一心只想對照自己做得夠不夠好，那將會弄巧成拙。

四、事後別批判

如果知道親熱完還得開一次「檢討會」，相信不會有人想做。尤其是喜歡問伴侶：「我和你以前的情人比起來，誰比較好？」這樣的對象最令人不敢領教，也許從此就會視親熱爲畏途，甚至引發功能性障礙……

那根所有權

現代女性在職場上最常發出的怒吼就是：「除開少了那一根之外，男人有的我什麼沒有?爲什麼重要職位卻輪不到我？」當然性別歧視是道難解的問題，而且有時候事不關性別，少的只是那一根筋，或者是不懂明哲保身的「少根筋哲學」。其實「那一根」的重要性，在兩性戰場才眞正具備決斷性；通常在發現男人背叛時，女人首先會問：「你有沒有和她上床?」似乎那就是背叛的底線，只要女人仍保有男人的「那根所有權」，一切就好商量。而在法律上，同樣也以有沒有涉入「那一根」來認定通姦罪，否則兩人蓋棉被也可以純聊天，只要不暴露及使用「那一根」，友誼就可以長存。

姑且不論「精神出軌」和「肉體出軌」之間的差異，反正女人就是絕對在意男人的「那根所有權」，只有在掌握了所有權之後，才能算是落實了彼此相屬的承諾。那麼該如何才能緊緊握住心愛男人的「那根所有權」呢？以下五招，請確實做到：

一、標示所有權

從前有個美式笑話：新婚妻子在丈夫上班的頭一天，在他身上掛了一塊招牌寫著「瑪莉的丈夫」，敬告辦公室女同事們不必覬覦，充分宣示所有權。直接掛個招牌固然是笑話，但若轉化為其他不言可喻的暗示，效果仍然彰顯，卻不會貽笑大方。例如每天爲他準備美味和營養兼具的便當，或是裝在保溫瓶裡的愛心保健飲料，這樣不僅是對他實質的照顧，更可引起同事們的羨慕。由於男人通常不會自己製作這些東西，所以當同事們笑問：「是誰幫你弄的呀？」那種被寵愛的幸福光輝，就會洋溢在這男人驕傲又得意的臉上。除了飲食之外，也要注重心愛男人身上的衣著，花些時間將他的襯衫、西裝燙得筆挺，讓他在面子十足之餘，明顯看得出來是個有人照顧著的男人。除此之外，可別忘了將妳和他的合照護貝妥當，放進或貼在他皮夾的顯眼夾層，即使他和其他女人外出，每當付帳時，一打開皮夾，就會看見妳的存在，也算是一種警示標幟。還有他辦公桌上的相框，當然少不了妳和寶寶或寵物的照片。總之，若是人類哪天也流行植入晶片，就趕快爲妳的男人植入妳的資料，護衛妳的「那根所有權」。

二、別掏空他

有些女人以爲只要將男人的精力掏空，他「那一根」就會偃兵息鼓，不再作怪。其實每個男人的體質都不相同，怎樣才算是「掏空」？實在很難得知。也許在妳面前他已經欲振乏力，卻不代表遇上別人也不能重整旗鼓。尤其女人所謂的「掏空」，往往會令男人覺得階段性任務已經達成，而不再具備任何挑戰性，也就失去了胃口，並開啓了「嘗新」的需求。試想兩人同床共枕多年，如果性事漸漸流於公式化，彼此要不嫌膩也難；於是在相處歲月中，由各種日常事務變化而來的韻律，就顯得相當重要。何謂生活的韻律？諸如偶爾點上情趣蠟燭、兩人上上小館、一件性感內衣、第三者引發的醋意、甚至一頓小小的爭吵等等，都是可以打破規律沉悶的因子，如同優美的曲子一般，必須有些高潮起伏，而非平板呆滯。所以在性事上，女人也不能予取予求地全然配合男人，可別一心以爲滿足了男人的肉體需求，就能牢牢抓住他的心，反而必須讓他偶爾處於「飢餓狀態」，才更能體會妳的美味。不過可得小心，在他「餓虎撲羊」時，別讓他失望，畢竟擁有益趨成熟的好情人技巧，是不分男女都該精進的必修課題，平日就可藉由閱讀書籍、和情人的溝通、請教朋友、加上自己的實驗心得而獲得這類技巧。更要記住的是——男人最大的快樂就是能令女人滿足，所以別再裝模作樣，只要妳能充分享受並表現出他所帶給妳的快樂，妳的快樂也會是他的滿足。

三、機會教育

女人說的話，男人多半不會當眞，因爲只要懂得哄女人，什麼原則她都不會堅持。果眞如此嗎？妳一定得利用每次機會教育，讓男人明白沒這回事！至少在他背棄了妳的「那根所有權」時，妳絕對不會原諒他。不論是看新聞或是電視、電影劇情，只要涉及外遇及背叛情節，要故意以評論的口吻，強烈表達出妳的絕不妥協立場，但可千萬別轉過身對他說：「如果你敢這樣對我的話……」因爲有了「如果」，就等於預留了可能的空間，根本就不容許任何「如果」的存在！而要斬釘截鐵地表示絕不原諒這樣的事，並且信任他不是那種卑鄙下流無恥的人。總之別學戲劇裡那些傻女人，問著：「老公，你也會像那樣嗎？」或是自以爲聰明地吩咐出差的老公要帶著保險套，這些舉動都是不自覺地暗示了妳允許事情的發生。

「我知道你不會……」「你絕對不可以……」「我不會容許……」，這些正面而肯定的語句，才會讓他相信妳有多麼當眞，也就會在犯錯之前，認眞地衡量得失。

四、細心檢查

他所授予妳的「那根所有權」是否獨家？這不僅關係到情感的眞誠，也影響到妳的安全與衛生，畢竟世上確有不少女人正爲了配偶所帶來的性病而苦惱，當然不得不謹愼。與其說是「檢查」情人的健康狀況，不如以日常的細心關懷取代更好，例如爲他洗個舒服的澡，過程中自然就能明瞭他的身體情況；或是在爲他進行「手工藝」愛撫時，正好幫他注意有無異狀。如果連枕邊人生了病妳都還後知後覺，也只能怪妳太疏忽他，即使沒有肉體上的背叛，恐怕這份疏離的情感也無法長久維持。所以趁著維護自己的所有權而檢查他的身體時，同時體貼關心他的健康狀況，堪稱利人利己一舉兩得的好方法。

五、以愛牽繫

即使再多的招數、伎倆，也沒辦法百分之百有效地防堵男人的背叛，到頭來最爲有效的防線，仍然是兩人之間的愛。世間可能沒有完美的愛情，即使有，也不一定能杜絕背叛，但情感的裂縫愈少，愈能降低背叛的機率；由於平時就懂得彼此珍惜，當外界誘惑來臨時，搜尋不到犯錯的藉口，也不忍肆無忌憚地摧毀原有的幸福，自然就容易即時煞車，懸崖勒馬。如果平常不懂得好好過日子，爲了一些小事就可以計較、挑剔，甚至爭吵不停，當面臨危機時，自然少了那道足以牽繫一切的愛，也就抵擋不住叛逆的衝動，更遑論什麼「所有權」的承諾了。

他怎麼都不碰我了？

有些女人覺得男人很煩，動不動就「要」，好像把自己當成洩慾機器；有些女人卻更煩，因爲她們的男人不知怎麼地，就漸漸性趣也提不起來了。世事就是這麼不公平，正如每天有許多婦女進行墮胎手術，卻有人受盡苦楚只求能懷上孩子，彷彿惡作劇的頑皮天神在操弄著命運遊戲。男人不再碰的女人，就像停止澆水的花卉，感受不到愛意及養分，而逐漸寂寞枯萎。即使說服自己：兩人的相處應以情感爲重，心靈相契就可以克服一切！但畢竟缺少了性的愉悅，美妙人生就不那麼完整。「究竟爲什麼他都不再碰我了呢？」排除了最令人起疑的外遇可能性之後，女人的挫折感更深了——莫非只是自己完全失去了吸引力？

其實倒不盡然。當然太過規則的性關係，也會因單調而產生腐蝕性的影響力，但是使男人失去性慾的原因很多，女人並不需要太過自怨自艾。男人的性功能健全與否，並不單以「能不能勃起」來判定；女人若以「他明明能勃起，碰到我卻不行」來攬罪，認為問題就出在自己惹人嫌棄，勢必怨懟地求證：「你是不是不愛我了？」那麼有苦說不出的男人，只會更加厭煩而逃避性事。有些男人在勃起之後，一插入卻立刻疲軟，或是尚未進入就早洩，甚至因「延遲射精」的毛病而久久不洩，弄得自己性趣全無，日久就會打退堂鼓，省得麻煩。當女人一直問他們「為什麼不要？」時，他們也只能回答：「我就是不想。」而這個答案，並未解決任何問題。唯一能解決的方法，就是以積極的愛意來幫助對方克服障礙，才能獲得兩人之間性的愉悅。

首先必須先瞭解常見的男人性功能障礙種類。性功能障礙分為「生理性」及「心因性」兩大類，若經醫師檢查眞是屬於生理毛病，就應該即時求醫治療，透過藥物甚或手術來補救，若是「心因性」障礙，則要分清楚是屬於「情況性」或者「心靈性」的原因。

一、情況性

這類的障礙只是短暫現象，只要障礙的原因解除，即可恢復正常功能。通常造成障礙的原因包括：工作壓力、缺錢之焦慮、壓抑的憤怒、生病、擔心無法達到高潮、恐懼被干擾等等，而表現在外則形成疲倦、厭煩、不滿足等狀況。雖然要立即解除障礙的原因並非容易，但若能由外在表現的狀況加以改善，也能有效緩解，而得到較愉悅的性生活。改善之方式如下：

㈠疲倦

若是男人一上床老喊太累、沒性趣，第一要務就是讓他放鬆心情，別再想工作上的事，也不要給他「必須滿足另一半」的壓力。這時可以請他腦袋放空，隨著輕柔的音樂練習規律的深呼吸，也許點上幫助放鬆的精油薰香燈，然後開始循序撫摸他的全身，繼而以手或口爲他進行最舒服的「服務」；直到他性致勃起時，也別勞動他，請他仍然處於半夢半醒之中，由女方採取主動攻勢，在他毫不費力也無須配合的情況下，被動地釋放出緊繃於體內的能量。

㈡厭煩

同樣的事情做久了，總難免產生厭煩、倦怠感。在兩人的相處模式上稍作改變，是必須不停更新的功課，就像再怎麼好吃的餐廳，也得時時變換新花樣，否則將會失去吸引力和新鮮感。古人曾強調夫妻之道貴在「相敬如賓」，現代人大都不以爲然，認爲既是眞愛就該毫無距離，但是沒了距離，往往就失去尊重對方的分寸，許多爭吵就因不在意而頻頻出現。因此保有自己的獨立思考、加強自己對家庭和社會的貢獻能力、自我節制的言行談吐，都是贏取對方尊重的不可或缺要素；在贏取對方尊重的同時，也以朋友之道尊重對方，如此就能在心態上塑造出令人渴望親近的距離。此外，還要在感官上營造陌生感，例如：變換性愛場地、服裝、姿勢，或是有趣的「角色扮演」，都能降低厭煩感。當場地變換時，同時也能解決被干擾的恐懼，例如兩夫妻偶爾外宿旅館，就能擺脫小孩闖入、父母家人打擾，或隔音太差的困擾。而不同於往常的服裝和姿勢，也是伴侶之間應當勇於嘗試的樂趣。

㈢不滿足

要解決性事上的不滿足，就必須精進技巧。技巧研習的來源最好不要道聽塗說，也不能盡信色情片中的情節，循正常管道去尋找正確的書籍資料，才是求知的好方法。得到知識之後，就必須實際體驗求證效果，因爲每個個體都具備差異性，任何知識來源都只能求取大約平均値，無法顧及個別狀況；因此盡信書不如無書，讀了書就須身體力行試試看，若效果不如預期，在事後適當機會還須和對方溝通研究，找出彼此的特殊喜好，才能達到最佳共鳴。

性愛技巧所施加的「工具」即是身體，「工欲善其事，必先利其器」，在一切技巧的基礎上，不可忽略的就是鍛鍊並保有一副健康柔軟有彈性的身體，只要身體機能十分良好，就能擁有性感及美麗，也才能令自己及情人滿足。

二、心靈性

心靈性的障礙，通常來自童年的不幸遭遇，以及成長期間長期累積的心靈創傷。這些創傷也許造成性功能的不彰，也可能形成性倒錯、性虐待、暴露狂、強暴犯等性行爲偏差。若要治癒這一類的性心理障礙，恐怕非得借助長期的心理治療，在精神醫師的監控下，才可能施行有效的療程。此外還須注意的是：若妳的男性伴侶長期對性事表達厭惡感，有可能他是位潛在的同性戀者，也許經由醫師的診斷，就可以幫助他解除和女人之間的夢魘糾纏，尋回自己內在的本性。

其實男性於出生六十天之後，就已經具備勃起功能，而且唇、舌、肛門及生殖器，會逐漸成長爲體會性愉悅的性敏感部位；如果成長過程中遭遇一些不正當的對待，日後將很難擺脫陰影。例如，少年期因好奇嫖妓而被妓女催促「快一點！我沒時間等你！」的男性，後來就飽受早洩之苦，因爲每次在關鍵時刻，都會有個揮之不去的聲音，語帶責備地要他「快一點！」；而遭受過雞姦的男性，也會認定性是骯髒可厭之事，而無法正常地在女人面前勃起。追求性的愉悅是動物的天性，而對情感纖細的人類來說，性是特別的恩賜，卻也具備危險性。有些男童甚至只是接收到父母（或帶他長大的保母）對於性行爲所表現出的粗魯壓制態度，而留下了深刻印象，就此不知不覺地害怕起女性陰道，無法驅趕的罪惡感，總是打斷他進行性行爲的念頭。然而這些年幼時期的不愉快經驗，很可能因爲內心避免痛苦的本能，而被故意遺忘，埋藏在連自己都想不起來的角落，直到成年後，變身爲破壞性的反應出現在性生活之中，自己還莫名所以。許多病患被醫師引導出病源時，可能對於被揭開的回憶震驚不已。因此這些治療行爲必須由專業合格醫師小心執行，否則造成了再度傷害而無力自我收拾，將是不堪設想的殘局。

偷情之必要

男人最愛的總是不可能愛他的那個女人，而女人則是堅守著那個終將愛她的男人；直到這兩人驚天地泣鬼神地結合，從此過著平淡無奇而後蠢蠢欲動的生活，恍然思索起怎樣才叫做幸福快樂？

禿頭的王子，挽著一身聖潔手工蕾絲套裝的歐巴桑，終於心滿意足地步入了禮堂。不論全球黛妃迷是多麼的憤慨悲愴，事實終究還是成了事實：天眞美麗的黛安娜屍骨已寒，而聰明壞女人卡蜜拉正式登基，宣示著本世紀偷情之必要。知道卡蜜拉最令女人痛恨的是什麼嗎？除了她老邁、癡肥之外，她還在這局愛情裡一手主導，而且到手的可是位貨眞價實的王子！這毋寧是女人們的夢想哪！原來女人竟可以不必服從世俗的標準，而以完全的本質被深深愛戀，並且不再需要隱忍。在女權的境界裡，卡蜜拉無疑樹立了全新的典範。當初，她被皇室的準則蓋上「不符」的標章，於是她乾脆選擇了自己的婚姻，映襯出男人自古以來面對愛情的孬種；接著她被那不肯好好享受婚外情、又無能勇敢要了她的王子「盧」到不行，乾脆安排他在她家的後花園裡，向不知情的傻女孩黛安娜求婚，漂亮地幫助英國王室搞定查爾斯。如此一來，兩人重新站到了平等的地位，都以已婚的身分繼續偷情，一邊微笑著相信慈悲天主定會赦免他們的罪。等到這「愛的實驗」向皇室及王子證明了，完美的黛妃不見得適合王子，而她也考驗出自己的魅力無畏於年輕美眉，她這才處理掉自己的婚姻，仍選擇迎接終將失婚的王子。

卡蜜拉當然不是第一個偷情的女人，但卻是第一個偷情得如此坦然的女人。當記者問她：「王子有沒有單膝下跪向妳獻戒指求婚？」她答：「當然！不然你以爲呢？」在那時刻，她保住了偷情者的尊嚴。她不做等待或吵鬧的怨婦，像黛妃那樣；她只做自己喜歡的女人。在我的朋友裡，也有幾位像這樣恣意偷情的女人，雖然她們並不被我那魔羯座的拘謹本性所認同，但是偶爾聽她們暢談令我咋舌的偷情記，也能時時提醒我，別以一己之愚去度量世界的遼闊。

就拿朋友T的例子來說吧！她在高中時就已嘗過同性之戀，進了大學，男體的滋味使她的人生更加完整。赴美留學期間，前男友和現任男友的撞期探訪，使得將男人藏在衣櫃的鬧劇，在她小小的宿舍內眞實上演。回到台灣後，她結婚了，在婚禮上她和她的潛水教練、同事H男及仍未斷線的初戀男友，一一交換了默契十足的眼神。婚後小孩出世不久，她那工作疲累的丈夫就已停止了和她的性生活。她開始去參加佛朗明哥舞、中東肚皮舞等魅力課程，但是她的丈夫並未察覺舞蹈課程的效果，而她再度飛翔起來的心情，也被丈夫肚腹上的軟癱肥油及不耐煩的態度所擊落。

於是在一次藝術教學活動中，她又認識了新朋友，那位教學的手工藝家。這男人的「手工藝」比他在眾人面前示範的要厲害得多，她那許久未被碰觸的身體，一經啓動就上了癮。所幸那男人是個有婦之夫，並不須擔心他來破壞她的婚姻；但麻煩的是，有一天他老婆在他手機裡查到了她的號碼，竟找她出來談判。她是因禁不住好奇，而想瞧瞧他會娶的是什麼樣的女人。當然見了面，她一概否認戀情到底，並且以自己的幸福婚姻爲由，企圖說服他老婆。沒想到那女人回家後，套出了那心虛男人的口供，再度打電話到她家，要和她丈夫直接溝通。

在Lounge Bar的燭光下，她一口氣說完了近況，原以爲找我出來是想商量如何向她老公交代？沒料到她卻只幽幽地問我：「如何才能知道他對我是否眞心？」這女人，原來她把自信完全建立在男人的肯定之上。老實說，在她身上較難發現魅惑的軌跡，至少看起來就和「外遇」沒什聯想；也許就是她那家庭主婦外表下令男人驚奇的開放，吸引了男人簡單又複雜的慾望。如果連我這老友都認爲她應當安分平凡，而她的老公也視她爲食之無味、棄之可惜的雞肋，也就不難理解她渴望得到許多男人肯定的心態了。

還有一位朋友L，她在一場捉姦記之後，向老公要了筆贍養費，結束了婚姻。失婚後的她，在健身教練的幫助下，狠狠瘦身十六公斤，從此以後，四處聲稱她是以「做愛瘦身法」才變漂亮的。她那和外遇對象結了婚的前夫，反倒成爲她偶爾的外遇對象。重重地吐了一口煙，扇著她那濃妝的長睫，L恨恨地說：「反正那女人也撈不到什麼好處，他的精華早被我吸光了！哼！留個沒用的空殼給她。」雖然瘦身後的她是眞的美麗許多，但是那種咬牙切齒憤恨不平的表情，卻經常張揚在她多彩的臉上。

一陣子未見之後，她從香港回來了。約了吃飯，卻幾乎沒機會動筷子，因爲她滔滔不絕地忙著讚美她那新任男友。

「他待在香港的時間很長，這樣也好，才不會回來管我，但是我好想他哦！等一下，我先發個簡訊給他，嘻！」

就這麼一下發簡訊，一下講電話，在她眼前的人似乎只成爲她的道具，用來宣示新戀情。躲了她一陣子之後，又在聚會場所遇見她。她約了一對女同志戀人見面，向我介紹了那兩人的關係之後，又開始重複那一套不停誇讚男友的說詞。她甚至大方地描述和男友的閨房之樂，以及形容她的性愛技巧是多麼讓男友銷魂，手上卻不老實地一直撫摸那對戀人中的「婆」。除了她之外，我們都頗感尷尬，不久那位「T」就帶著「婆」離席。我問她爲何要戲弄別人女友？她驕傲地說：「我就是有辦法燎起別人的慾火！看著吧！她們一定迫不及待去找地方做愛了，該感謝我。」那天我藉故提早離開，留下她瘋狂地和陌生男人跳著三貼舞。又隔了一陣子，我到她家附近去辦事，見她睡眼惺忪地出來買菸，她一見我，又習慣性地說她好想好想男友，我還來不及想出脫身之詞呢！她竟主動說得回去了，因爲昨晚到pub去「撈」了一個大男孩回來睡覺，得在下午男友抵達前打發他離開。

「嗄？那妳前一秒鐘還說多麼多麼想他！」

「哎喲！遠水救不了近火嘛！只是純粹『保健』一下。」

我忍不住嘮叨她，叫她小心一些，現在的年輕人有的也頗複雜。她倒是無所謂，說是反正有問題再叫前夫找人扁他。那次之後，我就過濾掉她的電話。有時想起了她，會感到一股心疼，因爲在男人深深傷害她的當時，並沒有人對她伸出援手，才會使得她用一種奇怪的方式療傷；當復仇的恨火塡滿了她的心房，就再也聽不進別人的話，她對男人愛恨交加，也對自己愛恨交加。我遺憾自己幫不了她，因爲要忍受她那瘋狂似的自戀自誇，必須具備很好的修養。

還有一位年輕女孩S，她在未成年時即和班導師發生關係，但不久她就發現她只能等待老師在空檔時的召喚，因爲老師和許多女學生都有關係，她並不是自己想像中那位擄獲老師愛情的女孩，也不能驕傲地去向同學炫耀。小小年紀，她就拿掉了兩次小孩，但是老師的回答卻是：「我怎麼知道妳有沒有跟別人在一起。」高中畢業後，她成爲商人的小情婦，商人給她一筆錢，隨便她要留學、開店，還是買名牌。她逐漸在和別人的男人上床時，得到一種惡意的快感，當男人爬到她身上時，她想像著被男人背叛的女人那些哭喪的臉，她不僅打敗了別的女人，同時還能得到金錢，對她來說，這簡直是天底下最完美的差事！那位負心老師曾經一度回頭向她懺悔，希望她能回到身邊，別再四處被人包養，但她反譏那位老師，如果出得起她的身價再談！一直到那位老師又有了新女友，女孩才又忍不住破壞的慾望，而成爲老師的「第三者」……

也許有人認爲偷情的女人都是時髦的新時代女性，但至少我所認識的都不是，她們只是不想看見自己受傷的模樣，所以主動扮演起不在乎的一方。如果能在對的時候，得到男人恰當的珍愛，其實大部分的女人都寧願擁有一份值得信任的穩定愛情。偷情之必要，在於現世生活之乏趣，以及心靈空洞無以餵養。在愈激昂的感官刺激之後，襲來的恐怕是愈空泛的孤寂感受。只有確立自己的價值，而不去依附別人的評價，才能夠擺脫偷情之必要。

最棒的老二

世上有什麼東西可以同時讓女人滿足又快樂，而讓男人自信又有成就？那就是——「最棒的老二」。不過男人所需要的「最棒的老二」，當然和女人不同，要扮演男人身邊「最棒的老二」，所需花費的時間和體力，可比成爲女人體內「最棒的老二」要多得多。

大多數男人都不喜歡當男人的老二，因爲必須長時間悶在幕後不得露臉，眞正知道他有多厲害的也沒幾個；雖然老大的雄風都得靠他撐持，但是人家面子可都賣給了老大，畢竟盯著對方的老二說話總是不太禮貌！如果有一天，大家都看出了老大眞正的實力來自於老二，並且開始頻頻稱讚他，那麼這老二就該準備捲鋪蓋走路了！因爲身爲老二，就不該犯了老大的禁忌強出頭，除了變態暴露狂之外，有誰會把老二亮給人看呢？

但是偏有些聰明的男人，看準了當老二好處多多，當他辦事的時候，可以沒有形象包袱全力衝刺，如果幹得好，老大會很感激他，而且從此依賴著他；如果辦起來效果不彰，也是由老大替他頂著，再丟臉也罵不到他，人家只會笑那個不行的老大。當他在享用既得利益的時候，並沒有多少人知道，不像老大那樣招搖，還得隨時被質詢被吐槽。至於女人嘛，他們根本就不在乎女人快不快樂！仗著老大而搜括來的油水，足夠吸引許多女人來想盡辦法令他們快樂，他們才不想當女人的「最棒的老二」！只要稱職地當好男人最棒的老二，女人就會把他們像大爺像皇上一樣地侍候。

那女人呢？當不當得成最棒的老二？行！有的人連老三都當得有聲有色呢！女人只要懂得識大體，不吵不鬧不貪不求，再學會兩套按摩功夫，暗地裡再挑撥離間剷除異己，保證穩坐老二的寶座。但這是指當男人的老二，如果女人去當女人的老二呢？能不能成爲「最棒的老二」？唉！殘酷的事實告訴我們，除非那個女人是位同性戀者，否則女人又如何能讓她達到最高點的快樂呢？在女人的眼中，很容易看著看著，就覺得別的女人像鐘樓怪人，也就忘了那是她的老大，許多脫口而出的話，在在築起了冷感的鴻溝。

而且可能有人忘了，女人本來就不該有老二的嘛！尤其是一個最痛恨當老二的女人，她每天都恨不得自己突然長出一根陽具來統治世界（而且她堅信她缺少的只不過是那根陽具），又怎會滿足於任何一個女人來假扮她「最棒的老二」！

於是從這些故事我們得到一個教訓：伴君如伴虎！如果你目前正在當老二，就要在老大把你踢掉之前，先去找個新老大，下一個老大也許會更好！否則，就要盡快攢夠油水，準備度你的餘生。反正在所有老二的眼中，老大都只是個蠢蛋，或者是說，人一當上了老大都會變蠢！在老大的眼中，這世上最棒的老二，其實是不存在的。

男人的夢想

「醒掌天下權，醉臥美人膝」算不算是男人的夢想？當然算！但是並非僅止於此。沒有野心的男人，就不能稱之爲「很man」；男人的夢想是從修身、齊家、治國、平天下而築夢踏實，野心版圖也循此階段性的企劃而不斷增長。男人經常將夢想像吹氣球般地極度漲大，直到氣球破滅了，或者向上提升爲熱氣球，帶著男人遨遊世界。除非完全喪失了生存意志，或是已達到男人自以爲的顚峰，否則男人的夢想永不停息，引領著男人不斷前進。男人夢想的四個進階，就在如下的四個要點：

一、誰最屌，就能搞到最難搞的貨色

男人「修身」的夢想，即是要樣樣搶第一。想要賣商品給男人的廠商都知道，男人重視的絕不是物超所值。他希望買到的車子比別人速度更快一些，手機比別人功能更多一些，音響比別人更傳神一些，手錶裡的機械比別人更複雜一些；他們願意爲這多一些些的好，付出很奢侈的價錢，尤其是那種限量版、紀念款，愈難弄到手的東西，愈是搔得男人奇癢難耐，忍不住要掏出錢來。當然男人想要得到的「最好的東西」也包括女人，誰能娶到白嘉莉？誰能娶到林青霞？都具有指標性的時代意義，那位圓夢的勝利者，同時也終結了成千上萬男人的情人夢。基於此理，也提供了女人一帖妙方：快去安排幾位男性好友，整天對著妳心儀的男人訴說妳是他們難圓的夢，幾乎不可能追得到，這時妳心儀的男人就會因不信邪而技癢，非把妳娶到手不可。

二、誰最行，就能把幾個女人同時擺平

男人「齊家」的夢想，來自於控制慾，控制慾能帶給他們自信心和成就感，家裡擺的女人愈多，成就感就愈大，所以許多男人都夢想能享齊人之福，最好三妻四妾而相安無事。男人希望家裡的女人都因對他的愛戀而忠心耿耿，並且給予完全的支持，即使他要求女人們接受其他女人，這樣才能證明他的魅力操控了女人的心智和行爲，而超越了女人善妒的天性。太愛女人而控制不了情勢的男人並不爲社會所推崇，周潤發就是最好的例子，在他爲女人而自殺的時期，被認爲是個「沒用的男人」，而當他選擇一個全心對他的女人，然後全力衝刺事業之後，男人形象就達到了顛峰。男人同時會努力給予父母良好的物質生活，得到父母的肯定，和外界的認同；對於子女也希望能妥善掌控，男孩要像他，而女孩則要嫁給像他一般的男人，難怪那種能讓岳父在他身上看見自己年輕時代影子的女婿，都特

別吃香，像駙馬爺趙建銘即是箇中典範。

三、誰最大，就能胡作非為不凸槌

男人「治國」的夢想，就是權勢版圖的向外擴張。如果可以選擇，每個男人都想當王。只有沒有老二的男人才樂於當老二男人，就像宦官一樣；只要機會恰當，男人必然握住權勢不放。男人立業，男人從政，男人都拚了命想當總統，只有太懶怕累的男人才不爭權奪利，而那種男人又會被認爲「不夠男人」。有時男人抓到了權，就會露出孩子的劣根性，想玩玩看胡作非爲的底線在哪裡，探測一下自己權勢版圖的邊界。於是有些企業界男人玩過了頭，身敗名裂；政界男人玩到超越了底線，也搞得遭人唾罵民不聊生。探到底線而回頭收斂的男人，就得到了寶貴的經驗而更趨圓熟，他們會立刻進行版圖的再擴充，因爲權勢的滿足感就像黑洞一般，永遠塡不飽。所謂成熟歷練的男人，就是反覆練習了掩飾野心的技巧，而將權勢在檯面上下操控自如的男人。

四、誰最強，就能併購宇宙外星人

全世界最有權勢的男人是誰？當然不是美國總統，就是中國總理。有史以來，多少國家的一國之尊都想跨越界線統治世界，所以「平天下」才是男人夢想的終點站，商圈的併購案也才會不停地發生。女人站在魔鏡面前，最想達成的夢想還是當個「世上最美麗的女人」，任何年紀任何職分的女人，如果失去了美麗，仍是一大憾事。但是男人一見到魔鏡，只想知道自己是不是「史上最強的男人」。最屌、最行、最大、最強，這就是男人千古以來不變的夢想。在世界還沒有統一之前，男人又妄想著征服宇宙，生怕在浩瀚的太空中卡不到位，而讓別的生物捷足先登。

要和男人相處，就必須容納他的夢想，當他天花亂墜地臭蓋時，除了笑他「男人到頭來只剩一張嘴」之外，還能怎麼辦呢？以下兩種選擇提供給妳參考：

一、假裝崇拜他，每次都高潮

要選擇此項時，請務必小心，因爲妳等於是包下了整個希望工程。基於妳的鼓勵，男人確信他的夢想一定可以實現，所以就把其他瑣事賴給妳，因爲他認爲他是爲了妳才去尋夢，當然妳要幫助他。在尋夢的過程中，只要遇到挫折，他可能都會怪妳不該鼓勵他；如果夢想實現了，妳還在邊上沾沾自喜妳的功勞，他可能覺得妳很煩，而把妳踢走。最常發生的情況，就是在妳千辛萬苦幫助他登基之後，功成名就的他，忽然發現妳的存在恰好提醒了他曾有的不堪過往，因此不願面對往事的他，只好請妳消失。所以當妳選擇崇拜時，請始終如一地崇拜下來，不要到了末端，才恥笑他當年全都是靠妳扶起。

二、哄他敷衍他，叫他別鬧了

如果妳判定他的能耐和夢想之間差距頗大，而想喚醒他別再做大頭夢，趕快回到務實的生活，也請妳注意妳所有的措辭，別傷了他的自尊。像哄小孩一樣，妳必須讓他覺得妳要他做的事，其實正是踏入他夢想的第一步，別澆他太多的冷水，留點希望給他。反正不久後妳就會發現大家一下都老了，他也不會再堅持他的夢想。

男人的謊言

男人的謊言，沒有一則是善意的。只要男人一開始說謊，就代表某些惡質的事情正在進行或醞釀。也許他自認說謊是爲了不對妳造成傷害，但這眞是天大的謊言！誰會要這種二度傷害？他們的善意只給了自己，因爲隱瞞、拖延，都可以保護他們免於受到立即的損失或傷害。

男人通常會在三種情況下說謊。

一、還愛妳的時候

如果他已經完全不在意妳，幹嘛要說謊？有些男人說謊時，還一副給了天大恩惠的模樣，就是基於這種想法。他認爲他花了時間和精神來騙妳、哄妳，已經滿累了，爲什麼妳還不滿足？如果有一天他對妳所質疑的事情大方承認，連謊言都不編一回，可能就是兩人山窮水盡，攤牌的時刻到了。假使他連在別人面前都已不再說謊，那更是讓妳毫無後路可退，連替他圓謊的機會都沒有。所以如果妳發現男人正在對妳說謊，先想想看該怎麼辦。畢竟他還愛妳，要不要他這份殘缺的愛，端看妳的決定。

二、愛上別人的時候

「出軌」的犯罪感常使得男人興奮難耐，但面對妳時，卻又得編出一套謊言，來平撫他的罪惡感，而帶著罪惡感的隱瞞，其實又讓他更覺刺激。就在這種奇怪的循環下，男人樂此不疲。

當他愛上別人的時候，對妳的謊言也就不斷，因爲謊言是偷情的助興劑。這就是男人，妳能怎麼辦？

三、事情還沒想清楚的時候

果決的男人都去當大企業家了！剩下的都是些個性懦弱、猶豫不決、三心兩意、模稜兩可的傢伙。當他們又一不小心地腳踏兩條船時，短時間內還沒辦法想清楚孰輕孰重，在無法抉擇或沒人逼他抉擇的情形下，謊言就出籠了。爲了能維持住眼前的生態平衡，他會盡量拖延不被拆穿謊言。

若要拆穿男人的謊言，其實並不難，因爲男人的智商沒女人高，記性也沒女人好。運用以下三法，大概就可以輕易破解。

一、觀察法

在身邊相處許久的男人，妳還會不熟悉嗎？當他忽然變得神情怪異，舉止異常，跟妳交代行蹤或錢的用途時，都不看著妳說話，老想含混過去；即使像事先背好一樣地說著事情的細節，卻像差勁的演員一樣，毫無眞實感……反正只要妳眞的關心他，一定會看出謊言的破綻。

二、反覆偵訊法

運用電影裡情治單位那一套，反覆地盤問他。男人不曉得爲什麼記性都不是太好，尤其說謊時，多問幾次就前後兜不上了。這一招可以融入生活中悄悄運用，洗衣服閒聊時問一遍，吃飯時問一遍，看電視時同樣的題目再問一遍，男人很容易一鬆懈，就忘了自己之前的謊言。

三、舉證法

這是女人的拿手絕活！每個女人都有此潛能，查發票、問朋友、檢查名片夾、看打火機上的廣告等等，反正發揮一下妳的天賦，綜合了時間點、不在場證明等偵探式的邏輯推敲，就可以拆穿他的謊言。

男人的謊言終被拆穿時，第一個反應通常是惱羞成怒，怪妳怎麼可以探人隱私？當妳發飆起來，他卻又嘻皮笑臉安撫妳，想要息事寧人；若是妳仍不放棄，還是要和他談清楚，給妳一個交代，他就會採取各種避而不談的方式，不是說明天再告訴妳，就是翻身睡去，再不然就乾脆砰一聲甩門而去。

等到下次見面時，他又一副沒事的模樣，想粉飾太平，若妳又要他說個明白，那他肯定又重複起惱羞成怒、嘻皮笑臉、避開不談的三部曲。最後被妳「盧」得沒法逃，就會祭出一句：「不然妳想怎樣？」反正，一切都是妳的問題，都是妳在鬧，如果想分手也是因爲妳，而不是因爲他的謊言。

男人的謊言，也許一開始眞的沒什麼惡意，但是男人始終不明白，說謊本身就已經是對女人極大的傷害。

偷不著的永遠最Hito

談什麼？偷性還是偷情？嘿！找我這性情中人談就完全對了。我的男人被偷過，我也被別的男人偷過，至於別人的男人，我當然也是偷過！不管從第一者、第二者、第三者或是旁觀者的角度看過去，我的偷情史可都是全方位的咧！

有人說，男人那種非偷不可的性情，是由於女人嫌他口臭而且不願意用馬戲團的動作嘿咻嘿咻？去！我的一個女朋友說她花了多少錢買了多少性感內衣和香水，想要引起她男人的性趣，卻在播放A片時，被她老公罵得狗血淋頭，還逼問她是誰教得她如此骯髒、無恥、下流？男人在相處大約一年後，骨子裡那種好嘗鮮的劣根性，就會無可救藥地爬了出來；除非性感內衣裡換的是另一具陌生的身體，否則根本很難令他感動（有感覺而發動）！

在瞭解了男人的劣根性後，我那位朋友很開心地認識了一位「新朋友」，基於「新鮮」的理由，那位新朋友一見到她，就餓虎撲羊起來，她終於又重拾回自信心，享受了身爲女人該有的驕傲。

唉！我這樣說，一定會惹來女人滿箱的雞蛋，好像非得你偷我也偷，大家才能讓身體變得快樂。但是男人就眞的是這樣的動物嘛！也不去研究做愛技巧，就來怪女人不跟他做！既然「犯罪武器」都掛在外面了，本來就該負責「發動戰爭」的工作，眞想和老婆做，就去買件性感內褲啊！何必說得那麼逆來順受，什麼誰陪他上床就和誰在一起，他願意和誰上床，根本是他在決定的！

所以嘍，我現在都嘛學聰明了，既然不願意男人出軌，就不要待在軌道裡呆呆等著。懂了嗎？妳永遠都只能站在軌道外，他才會對妳有性趣啦！什麼問他愛不愛對方的，都是一些廢話加謊話。他今天說不愛就不愛了嗎？那明天呢？

古有明訓：妻不如妾，妾不如偷，偷不如偷不著！如果妳想要男人永遠以爲自己最愛的是妳，不管是偷情還是偷性，偷不著把不到的，永遠都是最Hito的！

男人的被虐狂

男人打女人？唉喲！還不就是那個女人討打欠打咩！不然幹嘛那麼多個女人不打只打她一個？打完還不是又一起去打球？

自從男人發明了一句話叫做「打是情罵是愛」，就開始放心地打女人了，因爲每次只要有女人被打，就有人懷疑那女人有被虐傾向，不然幹嘛不趕快離開？而且女人既然樂於接受性交過程中，男性性器的「抽打」和「穿刺」，那一定也很喜歡被打。甚至還有佛洛伊德的徒弟認爲：精子穿刺入卵子而受精，這個過程證明了女性的生殖細胞具有原始的被虐性。天哪！什麼跟什麼嘛！女人被打已經夠倒楣了，還要被一大堆神經病的「精神分析學家」栽贓，說女人這樣百般容忍地爲愛人受苦、犧牲，是因爲在生物學上及社會學上都有著被折磨、凌虐的隱祕渴望！這樣一說，那些沙豬可就樂了吧？男人打女人，原來是爲了滿足女人的「被虐本質」？連那位尼采老兄都說：「要到女人的身邊嗎？不要忘了帶鞭子！」喂！可不要搞錯，男人帶鞭子是要讓女人好好「懲罰」他的！沒聽過十九世紀歐洲盛行的「鞭笞之愛」嗎？大思想家盧梭最瞭解那種被女人鞭打的快感了，在《懺悔錄》裡早已自我招供。還有十五、十六世紀的「騎士之愛」，那也是一種「精神被虐症」，證明了男人才是有明顯的「被虐本質」。

女人就老是輸在不會耍嘴皮子，因爲嘴巴裡不時塞滿了一些八卦、零嘴，和其他東西。每次被男人一堵住嘴，女人就會寬宏大量地不和男人計較，把一些什麼專家都讓給男人去當。二十個世紀以來，大家都知道男人很賤，但是高貴的女人們仍然苦苦盼望著男人的眞愛，卻忽略了有人說過一句話：「女人要麼是奴隸，要麼是暴君，但絕非男人的伴侶。」說這話的男人叫做馬索（Masoch），他是十九世紀奧地利一本小說《穿獸皮的維納斯》的作者，「被虐症」的英文masochism就是以他的姓爲字源，而SM裡殘酷女王的裝扮和行頭，也正是他小說裡的描述。自從一九六七年紐約出現了定期玩SM（虐待——被虐癖）的TES團體後，到了一九八六年就有了三百名會員；據說絕大多數的男性會員都希望扮演「被虐」的角色，而一半以上的女性會員希望扮演「虐待」的角色，大家這才發現有被虐傾向的，其實是男人。女人如果能聽進馬索的話，瞭解男人愈被打就愈爽的「被虐本質」，就可以從地上爬起來，擦掉嘴角的血跡和眼角的淚痕，穿上緊身獸皮手執帶刺的皮鞭，用長筒皮靴的高跟踐踏男人，然後殘酷地微笑著看男人匍匐在地上求她繼續……

唉喲！怎麼這樣打人家嘛！我又沒說錯什麼。嗯，其實男人打女人，那也要看打哪裡，和用什麼來打。至於女人如何打男人，嘻嘻，下次再教妳啦。女人們加油！如果嫌打男人很累，那就換一個沒那麼賤的嘛！

爲什麼男人要有情婦？

男人說：情婦是人生版圖很重要的一塊，少了這一塊是個缺憾，擁有情婦對男人來說，是在享受一個恐怖的平衡。少有男人會爲情婦拋棄一切，男人只是想試試自己到底缺什麼，也許試過才發現，自己根本什麼都不需要。聽聽三個擁有情婦或很想要有情婦的男人的告白。

他很愛他太太，也覺得太太是世界上最愛他的人，他們感情甚篤，家庭和樂，經濟寬裕，一切都美好。

但他就是無法停止去尋找一位情婦。和老婆十幾年的婚姻關係，感覺早已成爲親情，「這時就是愛情該出現的時候了。」他說。

愛情的出現，讓他點燃生機，戀愛的狀態，也增添了他的奮鬥動力。他說這是男人的本能，雖然在緊張、恐怖、刺激當中，一方面得小心別被太太揭穿，一方面也要承受情婦的埋怨，但男人還是奮不顧身。

隱瞞已婚，追求純粹的愛

「還是有些情婦很乖、不鬧的，那就令人特別懷念，彼此留下非常美麗的回憶。」他開始述說情婦檔案。

那一次分手的原因，是怕耽誤了女孩的青春。另一次則是女孩另有情人，被他撞見。他無法忍受女孩一邊挾著情婦的委屈讓他愧疚，一邊卻又給他找綠帽子戴，不甘寂寞。

他認爲男人只要別犯了愛炫耀的毛病，就不容易東窗事發。但是有些情婦會要求見他的朋友，企圖打入他的生活圈，這就要小心，因爲人都是貪心的，到最後她會想要取而代之，登堂入室。

至於爲什麼不在一開始交往就表明已婚身分？他說：「表明之後，對方的愛就會變質，轉爲一種征服或搶奪的慾念，也不會因爲事先說明，她就眞的日後不抱怨。不說反而好，要分手的時候，她告訴我，從來沒有別的男人給過她這種感覺，這種愛情才純粹。」

壞男人總有下一「攤」

ＣＦ導演譚家麟今年三十七歲，雖然沒有情婦，但是身爲導演，每天都有許多機會接觸模特兒和女演員，屬於「情婦症高危險群」。

譚家麟提起身邊朋友的例子，有些朋友因爲貪杯，應酬多了，就和酒店小姐發生情感，而且貪小便宜，心中暗喜有免錢的小姐可以玩玩，到後來卻愈演愈烈。有的是工作夥伴，因爲來往朋友圈不大，合作機會多了，加上浪漫又自由的個性，很容易擦出火花。

「當然也有一些女孩爲了爭取多一點露臉的機會，暗示明示地來邀約，但這種事眞的是看個性，除非是很有辦法的人，可以同時搞定兩個女人，還不會影響事業，像王永慶那樣，否則還是免了。如果要我一面遮東遮西地花精神掩飾，又要花時間去面對兩個女人，光是煩就煩死了，還怎麼闖事業？」

譚家麟認爲天下沒有不會鬧的女人，他身邊就有許多例子，看得他心裡怕怕的。「有一位朋友被老婆發現後，馬上幫他辦了移民，要他和家人一起到國外，拋棄掉好不容易打下的事業基礎。還有一位老婆知道後鬧自殺，後來雖然沒離婚，卻度過了好長一段黑暗期。有的朋友因而離了婚，但也沒和情婦在一起。情婦的下場大都不樂觀。」

通常男人都愛現，男人之間又習慣性地互相掩護，並不覺得有情婦是什麼壞事。女人只能自求多福，結婚前要看清男人的個性，如果嫁到「壞男人」，什麼招數也挽不回。譚家麟道出男人的性子：「好男人玩玩就會回去，壞男人不斷玩下一『攤』都不會停。」

找情婦填補心靈的空洞

牙醫作家李友中對「情婦」有著很耐人尋味的領悟。

「情婦是一個人的人生拼圖中很重要的一塊，當然，有的人可以缺了一塊，仍一輩子在家中安心度過，但是有的人並不想有此遺憾。適合當情婦的女人，通常是缺乏母愛，或者和老爸相依為命長大，她和男人的關係並不是處在一般家庭束縛的範疇下，以致她沒辦法在一夫一妻的狀況下久待，也清楚當情婦比當太太對她而言有利得多。當這樣互相需求契合而彼此需要的兩個人相遇時，事情就完美地發生了。

「很多男人的家庭都不是他眞正的理想，當初結婚的理由，可能在後來的生活中發生很大的差距，所以尋找情婦來彌補心靈那一塊空洞，是男人的理想狀況。但是必須在一種恐怖的平衡下進行，情婦才能顯出價值，否則為了理想狀況而拋棄不理想的狀況，只不過是落入另一個圈套。而且那理想的一塊也只不過是一小塊，如果男人一頭投入那個心靈空洞，有可能把整塊人生版圖都給丟掉，造成更大的傷害。所以情婦雖然重要，卻少有男人會爲她而丟棄一切，除非她眞的好得不得了。男人只是想試試自己到底缺什麼，也許試過才發現，自己根本就不需要。」

五種床上拒往的男人

若在金融界壞了信用，就會成爲銀行的拒絕往來戶，並且留下紀錄提醒大家別再吃虧上當；但是在情感圈，卻沒有這樣的機制可以遏止壞信用的惡質男人，於是女人只能口耳相傳，或是容許自己頂多犯錯一次下不爲例。什麼樣的男人會成爲女人床上的拒絕往來戶呢？雖然每個人喜惡各不相同，但基本上若犯了以下五項禁忌，可就沒得商量了。

一、太粗暴

眞正熱愛ＳＭ（虐待與被虐）的人畢竟不多，一般的女人並不像色情影片裡，男性導演所幻想的那樣，喜歡男人粗暴的對待，或甚至上演強暴情節。「女人被強暴到後來就會舒服地屈服了！」的荒謬曲解，絕對不是事實，否則同理可證，傳聞中的男性囚犯，是否也被雞姦到後來就舒服了？有自尊的人類被侵犯時，得到的只會是傷害。女人可以接受的是男人強硬的態度，以及「強硬」的男體，男人的強硬和狂野在床上絕對受歡迎，但它不同於粗暴。強硬又狂野的男人，他的出發點是他的對象，若要配上一段ＯＳ（心理獨白），那會是：「妳令我瘋狂！我再也按捺不住對妳的渴望，我現在就要占有妳、侵入妳、征服妳，讓妳變成柔順的小綿羊。」但是男人通常不必說出這段ＯＳ，因爲他眼中的慾望之火，以及身體的反應，已足以令女人燃燒。而粗暴的男人心中沒有對方，他自我、自私又自大，弔詭的是，有時他是因自卑而自大，他的心中OS是：「我要征服妳！我行的，我一定可以，因爲我是最厲害的男人，看吧！我眞的沒問題！」他在乎的不是兩人之間的互動，女人對他而言，只是自我驗證的工具，當意識到自己愈「不行」的時候，他只好愈貶抑女性來安慰自己。男人的身體在先天上占著優勢，當女人遇上粗暴的男人，受傷的除了被漠視的心靈，還有脆弱的肉體，所以請別模仿那些粗暴的動作，人都是血肉做的，當痛楚感掩蓋過一切情趣的時候，女人只想把男人踢下床。

二、太客氣

如果兩人都已經到了令人血脈僨張的關鍵時刻，男人還要客氣地說：「請問我可以進去了嗎？」那還眞是解High，而且眞不曉得要罵他什麼。太客氣的男人，通常有著太依賴和缺乏自主性的性格，也許在人生的歷程中，總是有人指引著他，他從不須跌跌撞撞地去尋找答案，因此也就慢慢喪失了自主能力。太客氣的男人，其實不見得是爲了尊重對方，而是不想爲任何一個決定負責。他希望他所做的事情，都可以得到一個「是你叫我這麼做的！」之安全保證，他因爲害怕錯誤而無法自己下決定。其實人與人之間的互動，都必須由一次又一次的磨合中達成共識，在床上也不例外；要完成如此美好的事，自然得付出特別多的敏銳及用心，去留意對方的反應，再依此調整自己的動作，而不是做市場調查般地在得到許可處打個勾，令人很想停下來說：「你要不要等全部研究好再來？」

三、沒口德

在情愛的世界裡，「比較」是一件百害而無一利的事，偏偏情人們總是拗不過人性的考驗，忍不住想知道自己有沒有比別人強？其實嚴格來說，沒有人眞想問出答案，而只想聽對方說：「他們都比不上你！」以消除因爲沒自信而衍生的不安全感。但是在「比較」的過程中，難免要說出一方的不好，以映襯另一方的好，這時就很容易犯了「沒口德」的大忌。如果一個男人可以向一個女人侃侃而談另一個女人在床上的私密，而且還帶著惡劣的八卦口吻，雖然聽時會覺得有趣，但同時也該有著心理準備，想像他在向別人爆料自己私密的情景。沒口德的人不會特定對某人留下口德，所以當女人聽一個沒口德的男人描述別人的床上趣聞，都會警惕自己別當下一位女主角，因此只恨不能速速整裝離去，別再留下任何資料供他傳述。

四、愛指揮

男人原本就有較強烈的控制慾，因爲社會教育一直以來都賦予男人「贏家都是掌權者」的壓力，期許男人個個都能運籌帷幄，成爲人中之龍。但實際上哪來這麼多掌權者呢？於是有些平日爲了生活卑躬屈膝的男人，就把威風全部留到了床上，對女人頤指氣使，指揮若定。當然如果遇上的是個喜歡被指揮的女人也就罷了，但一般女人總是不希望在那卿卿我我的甜蜜時刻，還得聽男人指揮著說：「不對！再過來一點，好，上面，太多了太多了！下面……」如果再加上一兩句：「嘖！妳這樣在搞什麼？白癡啊！」那就更掃興了。女人不是奴隸，也並非天生該服侍男人，兩人之間的強弱調配，都是得看彼此高興才行。愛指揮的男人，到了床上就請暫時放鬆一下，否則連最後一名士兵都棄甲逃亡，豈不更令人氣餒？

五、好批評

骯髒的男人上了床，當然都不會受歡迎，大都會被要求先去洗個澡，把自己弄乾淨。但有一種男人是滿潔身自愛，卻仍令人討厭，因為他們太過注重細節，在撫摸女人胸部時會忽然停下來，觀察到她的內衣有一塊沒洗乾淨的污漬；或是正在激情時，卻看著女人腰上的小浮肉笑說：「哇！妳最近是不是吃太好了？」也許他們自律頗嚴，也希望以同樣的標準來要求對方，但是人難免也有疏忽的時候，若是常跟這種好批評的男人上床，女人肯定會被弄得神經緊張，隨時擔心自己又會被批評得一無是處！在如此無法放鬆的情況下，也會失去不少自信，又如何能展現最大的性感來享受魚水之歡呢？

Let's go party!

十二月，在冷冽的空氣中處處盈滿著節慶的況味，以及年終與新年交界的歡娛；在新希望新計畫的憧憬下，同時總結著一年來的辛勞，給自己些許的放縱與犒賞。終於有點空檔了，對於平日被工作壓抑到枯萎了的可憐情感，又該如何交代呢？Let's go party吧！只要是布置得很晶燦、人們笑得夠開懷的，全都參加！在酒酣舞熱之際，至少把快樂給找回來！當然，如果就這麼巧，那位看起來頗像Mr.（或Miss）Right的人兒站在眼前與妳遇個正著，該如何才能在節慶的助力下，快速掌握住這份老天送妳的禮物呢？試著這麼做吧——

一、稱讚他

以爲只有女人需要別人的讚美嗎？即使是小貓小狗或一株植物，都會因受到稱讚而生長得特別好呢！所以不吝嗇地稱讚妳心儀的人，絕對是贏得好感的第一步。妳可以盯著他的飾品說：「這條項鍊好適合你！」當他微笑道謝，妳就可以順勢問他是不是某人送的禮物？如果他的答案是：「我太太送我的結婚週年紀念物。」那麼不妨尋找下一個目標吧！妳也可以直盯著對方的眼睛說：「你是不是擁有異國血統？」然後就此打開話匣子。或是含情脈脈地說：「你笑起來，好像我以前的一位朋友……」這時欲言又止，盯著他的眼神染上一抹憂傷……總之，給他一點甜頭，然後就此展開話題！

二、輕觸他

在party的喧鬧中，交談總是有些困難，這時請別選擇大聲叫喊，像個沒氣質的瘋婆子一樣！請貼近他的耳朵，先呵口熱氣，以手指和說話的唇片不經意地碰觸他柔軟而敏感的耳廓，讓他聽不太清楚妳的談話後，再輕抓著他的手臂，或是攀著他的肩膀附耳再說一遍。在這些輕觸中，很容易就會有了異樣的感覺！

三、言語挑逗

故意和他聊著妳買給自己的節慶禮物，一方面暗示單身狀態，另一方面詳細描述著那是件多麼性感的鵝黃色蕾絲連身馬甲，然後遺憾地說：「唉，眞可惜你看不到！」或是聊到妳的按摩技巧，讓他聽了躍躍欲試，而妳卻說：「有些部位是限制級畫面，沒辦法現場示範。」更使得他心癢難耐！

四、意識型態

當彼此尚未熟識前，都會擔心被仍不確定的情感所羈絆，也因此在投入之前變得謹慎。如果妳不想錯過眼前這位良伴，就先別嚇跑他吧！有意無意地告訴他，妳覺得兩人在一起最重要的是那份快樂自在，至於種種承諾，「從未想那麼多！」即使妳已經偷偷幻想著要嫁給他，還是忍著別讓他感到壓力吧！畢竟先爭取到相處相戀的機會才更重要。

如果妳只是喜歡參加party，想要暫時釋放自己，卻很怕招惹來討厭的蜜蜂蒼蠅，那麼以下幾招可供妳自保——

一、全副緊身束衣

即使不小心喝多了，讓護送妳回家的人有機可乘，但只要妳身上穿了全套的塑身內衣，就算是經驗老到的情場高手，也很難把那束得緊緊的一層層內衣從妳身上拔除。何況，一般男人見到「全副武裝」的包裹式內衣，都會霎時冷卻，再加上費力去除那難纏的裝束，恐怕未達目的已頹然放棄！

二、那個來了

如果怕有人不畏艱難地還是想占妳便宜，就事先墊上一片衛生棉吧！告訴他妳「那個來了」不太方便，不信的話有憑爲證。

三、裝病

若眞不幸碰上了色慾薰心的大野狼，前面幾招也嚇不退他，那就仗著幾分酒意，衝到廁所假裝嘔吐，或是作勢要嘔在他身上，然後抱著肚子打滾，表示肚子痛得不得了。就算他不在意妳又吐又拉，這時再忙著找出藥包來吃藥，邊吃邊告訴他，妳最近染上了一點傳染病，但還在等檢驗報告結果出爐，爲了不想害他，還是請他先回家。

討個老婆好過年

這句話是誰開始說的？已經無法考究，但是似乎滿多人認同它，包括男人和女人。「討老婆」和「好過年」的關係到底是什麼？也許是收了紅包，才能解決年終財務危機；也許才剛失業，怕人過年時問：「最近在忙些什麼？」結個婚至少能含混過去：「忙著結婚！」也許是怕過年時放假，一個人太孤單無聊，所以娶個老婆可以一起看電視嗑瓜子，順便抱著互相取暖節約能源；也許老婆家很有錢，過完年就能自己當老闆，不必再擔心裁員。總之，千百個理由就是和「愛」無關。女人一生期待的求婚台詞，例如：「我眞是愛妳愛到想要每分每秒都擁有妳，所以請妳嫁給我好嗎？」這種唯美浪漫的謊言，在過年是聽不到的。

與愛無關的婚姻，難道女人也接受嗎？嘿，開什麼玩笑！通常交往了一陣子，在男方隱隱透露出嫌膩之意時，女方就會衡量自身年齡外貌等條件，展開一系列逼婚手段。好不容易才等到一年一度的「討個老婆好過年」這正宗藉口，豈能輕輕放過？反正結婚總是要的，還愛不愛？等有空再說吧！

所以嘍，到底是要等到一個很愛的人再結婚？還是該在過年前有人可以嫁就把握機會？提到愛，我就想起一個曾經愛我愛到要去死的男人。他說在遇到我之前，根本不明白什麼叫做愛，當初是他老婆在過年前找她父母來他家提親，他一時想不出夠好的理由拒絕，才會糊裡糊塗結了婚。後來雖然他一直還是很愛我，但仍想不出夠好的理由去離婚。我這才終於明白他也是個L君——國語叫做「爛男人」，英語叫做"Lousy men"。另外有個朋友告訴我一個乏味的故事：某一年情人節他趕流行，買了盒特價的巧克力送老婆，結果被罵到臭頭說他浪費錢，從此以後，他就戒除所有無聊的浪漫行爲。他奸詐地笑著說：「以後可別說我不浪漫，是她自己不要的！」我深深打了個冷顫，如果結婚會剝奪我那噁心到極點的熱情，那還不如把我變成一個石頭人。難怪每次去喝喜酒，都會令我有種參加追悼會的感覺，好像有些東西從此必須埋葬，可惜眼前一對璧人，眼看著就將要變成一對「痺」人。

也許看到這裡，有人會說我因爲嫁不出去才會說結婚有什麼好。也許L君會鄙視我活到這把年紀還這麼幼稚，以爲結婚和愛一定有什麼關聯！就算愛的時候結了婚，一發現不愛了，還不是要離婚？這樣結結離離的多累！還不如搞清楚事實——男人討老婆，眞的只是想好好過個年，不必再被老媽念，也不必再一天到晚失戀。有了「已婚」的幌子，在外頭進可攻退可守，玩到累了還有家可回，多麼完美！

好吧！如果沒辦法寫文章寫到張愛玲那種境界，至少可以像她一樣孤獨終老，不必被這些姓L的男人打擾。

今年的男人會更好

「好男人都到哪兒去了?」這是許多女人的疑問。如果過了個年，妳還在對著鏡子裡今年度全新的自己這麼說，就表示妳該有些新年新計策，不能再循老方法去等好男人出現了!今年這些更好的男人，全藏在妳意想不到的地方，但是要得到就必須主動出擊，跟著本文前進吧!

一、降低標準

可別誤會!不是貶低妳，要妳去將就次等男人，只是提醒妳，檢查一下自己立的標準有沒有問題？一般女人只想要「三高男」——身材高、收入高、學歷高，但這看重的都只是膚淺的表面。身材高代表英挺的外貌，這種男人外遇率也特別高，相處起來精神緊繃，隨時怕他抵擋不住粉紅誘惑；收入高通常要求也跟著高，有錢男人很容易頤指氣使，一副「怕什麼？老子有的是錢！」稍不順他的意，就被他fire掉！學歷高的男人也常常心高氣傲，動不動就覺得「女人家懂什麼？打扮漂亮討我歡心就行了！」長期相處下來，一肚子鬱悶加上委屈，只能在家當受歧視的人種。女人要的無非是個眞心愛她的男人，而且能夠榮辱與共，疾病相扶持，這樣的品行其實和那「三高」條件沒太大關係；若能將視線放平，摒棄對於「三高」的堅持，自然能擴大視野，發現許多以前沒多留意的好男人。

二、突破禁忌

都已經來到二十一世紀了，就請姑娘們別再死守著什麼男大女小等等的傳統禁忌吧！愛就是愛了，如果兩人相處愉快，隔閡也都能解決，那還有何理由硬要遵循別人的模式呢？即使是外國籍的異族姻緣，或者一般人較難接受的職業，甚至殘疾人士，都有可能是位絕佳的終身伴侶。只要自己考慮清楚後續的處境，其實突破禁忌的伴侶，相處風險並未高於一般伴侶，更可能因爲情感得來不易，而會更加珍惜。

三、守株待兔

這一招看來有些卑鄙，不過在競爭激烈的情海裡，「奇貨可居」的情況下，倒是不妨作爲參考。方法就是先看準一些很符合自己理想、卻已被人捷足先登的男人，盡量和他們的女伴親近些，只要一聽說哪位的愛情關係有些鬆動，就可以適時介入關懷；等到確定兩人已經分手，在別人還沒機會闖入那男人心房時，立即以防不勝防的溫柔手段，迅雷不及掩耳地遞補空缺。

四、豪奪強取

請記住！此招只能用在尚未結婚的單身對象，因爲破壞別人婚姻不僅缺德，而且影響所及是好幾個家庭，事後光是背負那許多破壞後的重建責任，就足以淹沒愛情帶來的短暫快樂。至於別人的男朋友，可就另當別論了！因爲並無婚約，大家都是自由身，說不定他和女友並非那麼合適，身爲「眞命天女」的妳一出現，倒是幫他倆解了困呢！所以如果妳沒耐性慢慢等別人分手，或是害怕理想對象和別人步入禮堂就沒了希望，那麼，勇敢一些吧！大家各憑本事爭取所愛，找機會表現自己的優點，大膽透露對他的好感，坦白承認心中的悸動，勝利的甜美果實，正是今年的新鮮滋味！

INK PUBLISHING SMART 14

熟女私日記

作　　者　江映瑤
總 編 輯　初安民
責任編輯　鄭嫦娥
美術編輯　陳淑美
校　　對　呂佳真　江映瑤　鄭嫦娥

發 行 人　張書銘
出　　版　INK 印刻文學生活雜誌出版有限公司
台北縣中和市中正路800號13樓之3
電話：02-22281626
傳真：02-22281598
e-mail：ink.book@msa.hinet.net
網　　址　舒讀網 http://www.sudu.cc

法律顧問　漢廷法律事務所
劉大正律師
總 代 理　成陽出版股份有限公司
電話：03-2717085（代表號）
傳真：03-3556521
郵政劃撥　19000691 成陽出版股份有限公司
印　　刷　海王印刷事業股份有限公司
排　　版　陽明電腦排版股份有限公司

出版日期　2009 年 12 月　初版
ISBN　978-986-6377-50-1

定價　200 元

國家圖書館出版品預行編目資料

熟女私日記／江映瑤著.
--初版，--台北縣中和市：
INK印刻文學，2009.12
192面；15×21公分.--（Smart；14）
ISBN 978-986-6377-50-1（平裝）
1. 兩性關係　2. 女性心理學
544.7　　98022172